译文经典

西西弗神话
散论荒诞
Essai sur l'absurde

Albert Camus

〔法〕加缪 著

沈志明 译

上海译文出版社

提香所作《西绪福斯》(1548—1549)，现藏西班牙马德里的普拉多博物馆

1960年，加缪因车祸去世，安葬在普罗旺斯的卢马兰

献给帕斯卡尔·皮亚①

---

* 本书书名"西西弗神话"已成法文谚语,借喻"永久无望又无用的人生状况"。所以我们采用法语 sisyphe 的音译名,而不用希腊原名 sisuphos 的音译"西绪福斯"。但本书中其余希腊、罗马神话中的人名、地名,一律采用国内约定俗成的译法。

① 作者的战友。加缪 1942 年参加地下抵抗运动,在皮亚领导下从事文化、新闻等方面的工作。

吾魂兮无求乎永生,
竭尽兮人事之所能。

——品达①
转引自《颂歌献给特尔斐竞技会获胜者之三》

① 品达(约前518—前438),古希腊抒情诗人,尤以合唱颂歌著称。这两句诗转引自瓦莱里名篇《海滨墓园》再版题词(1930)。瓦莱里引希腊原文为题词,但加缪用的是法语译文,现按法语题词译出。

目 录

译序：加缪的荒诞哲学 …………………… 001

卷首语 …………………………………… 001

荒诞推理 ………………………………… 003
 荒诞与自杀 …………………………… 005
 荒诞的藩篱 …………………………… 012
 哲学的自杀 …………………………… 030
 荒诞自由 ……………………………… 053

荒诞人 …………………………………… 069
 唐璜主义 ……………………………… 075
 戏剧 …………………………………… 083
 征服 …………………………………… 091

荒诞创作 ………………………………… 099
 哲学与小说 …………………………… 101

    基里洛夫 ………………………………… 112
    没有前途的创作 ………………………… 122

西西弗神话 ……………………………………… 127

补编 I ……………………………………………… 135
    弗兰茨·卡夫卡作品中的希望与荒诞 ………… 137

补编 II …………………………………………… 151
    关于胡塞尔和克尔恺郭尔 ……………………… 153
    敬告 ……………………………………… 156
    致加斯东·加利马的信(1942年9月22日) …… 156
    致皮埃尔·博内尔的信(1943年3月18日) …… 158

译 序
加缪的荒诞哲学

加缪用品达的两句诗为《西西弗神话》题词：

吾魂兮无求乎永生，
竭尽兮人事之所能。

我们可以认为这既是加缪毕生的座右铭和行为准则，也是高度概括他的生存哲理：不求永生，竭尽人事。面对茫茫人生无处不荒诞，加缪学尼采阐释虚无主义那样阐述荒诞：诊断，描绘，使之沉淀，然后将其上升为理论命题：假如人生是荒诞的，那么如何定义荒诞？西西弗的人生是荒诞的，没有价值，还值不值得活下去？加缪说："判断人生值不值得活，等于回答哲学的根本问题。"

荒诞作为哲学术语源于古代某个基督徒的一段拉丁语怪论，大意是：上帝的儿子死了，绝对可信，因为这是荒诞的；他被埋葬之后又复活了，绝对确实，因为这是不可能的。这类定论显然是一种悖论，不合逻辑，不符常理，违背人世经验。

然而，有趣的是有些哲学家偏偏喜爱这类悖论，像尼采那样偏爱悖逆天道，加缪称之为"哲学自杀"：理性阐述往往不得要领，于是利用理性阐述的失败来为信仰荒诞作辩护。克尔恺郭尔和谢斯托夫也老于此道。克氏反复指出不合常理性：神性与人性寓于一体，所谓神人或人神，即无限性贯穿于有限性：基督本身就是"绝对的悖论"。对于此论，犹太人认为大谬不然，希腊人认为疯语狂言，理性者认为荒诞至极。谢斯托夫干脆把悖论视为"荒谬的同义词"。而加缪认为："荒诞正是清醒的理性对其局限的确认"，就是说，荒诞和悖论皆取决于矛盾："所谓荒诞，是指非理性与非弄清楚不可的愿望之间的冲突。"因此，加缪的荒诞说是建立在矛盾论之上的。换言之，这正是人对单一性和透明性的欲望与世界不可克服的多样性和隐晦性之间的矛盾。加缪不相信有什么王者权限，但对必须摒弃理性不以为然，因为理性在其限度之内还是有用的。

简言之，加缪的荒诞说不是一种概念，用他的话来说，是一种"荒诞感"，一种"激情"，一种"感知"，一种"精神疾病"，加缪试图对这种病态作纯粹的描述，其目的是要弄清楚这种"荒诞感"是否导致自杀。

何谓"荒诞感"？"人与其生活的离异，演员与其背景的离异"，有这种感觉，就叫荒诞感。我们照镜子看到不像自己的那种感觉，也叫荒诞感。以此类推，生活中时不时都会产生类似的荒诞感。

何谓"荒诞感知"？人面对自身不合情理所产生的反感，对自身价值形象感到堕落①，有这份自知之明，就叫"荒诞感知"。

何谓"荒诞激情"？"人是无用的激情"（萨特语），明知无用仍充满激情：明明知道自由已到尽头，前途无望，为反抗绝望而不断冒险，这叫荒诞激情。

何谓"荒诞疾病"？人一旦被剥夺了幻想和光明，便感到自己是现世的局外人，随时想逃脱自我，又无可奈何置身其间，因焦虑而消沉，陷入绝望所患的一种抑郁症。在"病人"意识清醒之下，这种"荒诞疾病"很可能导致自杀。

与自杀者恰好相反的是死囚，因为后者一心想着临终的情景，似乎行将眩晕坠落，对一切视而不见，却偏偏瞥见近在咫尺的鞋带，所以加缪说："荒诞就是死囚的鞋带。"由此，我们可以想见"荒诞取决于人，也不多不少取决于世界"。荒诞是世人与世界唯一的纽带，把两者拴在一起，正如唯有仇恨才能把世人锁住。这是一种不治之症。

这样，我们就可以给"荒诞人"下定义了！荒诞人就是与世界、与时间形影不离的人。既然他是一股无用的激情，也可以说荒诞人就是不为永恒做任何事情，又不否定永恒的人。荒诞人一旦在时间点上定位，他不再属于自己，而属于时间了。因反抗时间这个最凶恶的敌人而产生的切肤之痛，就是荒诞人的永久

---

① 参阅加缪名著《堕落》。

之痛。

加缪把荒诞人拔高一筹，比如称西西弗为"荒诞英雄"，既因为他的激情，也因为他的困苦。西西弗对诸神的蔑视，对死亡的挑战，对生命的热爱，使他吃尽苦头，即使竭尽全身解数，也一事无成。他只是为热恋此岸风土付出了代价，没有什么伟大英雄形象的含义，恰似莱蒙托夫笔下的"当代英雄"，可归类为浪漫派荒诞人。加缪以形象表述的荒诞人，诸如唐璜式的人物、演员、征服者、伊凡、基里洛夫等等，一概都乐意承担自己的命运和自己的生存状况。西西弗做到了，我们可以想像他是幸福的。

显然，加缪不敢像纪德那样指望西西弗蔑视那块要命的巨石，"不去理睬它"（纪德语），或干脆踩上去，"控制局面"（纪德语）。是的，加缪撰写《西西弗神话》时不具备这种革命思想，但至少肯定荒诞人的积极面：荒诞人直面人生，不逃避现实，摒弃绝对虚无主义，怀着反抗荒诞人世的激情，坚持不懈，或许能创造一点人生价值："一个人的失败，不能怪环境，要怪他自己。"要学习那些与命运作斗争的榜样，比如普罗米修斯，做个火种播种者，或创造者，因为"创造就是活两回"。然而，西西弗和普罗米修斯都是神话人物。因此，加缪在思考反抗荒诞人世时，不得不首先论述形而上反抗，这正是他的贡献之所在。

在西方基督教文化的历史大背景下，谈论形而上造反，绝对离不开世人与上帝的关系。"造反者先把上帝否定，旨在否定之后取而代之"，尼采如是说。萨德、尼采、基里洛夫等等，他抹杀上帝是要自己成为神明，等于要人世间实现《福音书》所说的永恒生命。这里，所谓的形而上造反，一般指的是孤独的个体造反，因不满生存状况而奋起反抗造物主：一则世人总要死亡，世事难以长久，总要分化和消失，没有意义；再则世人躲不开恶，因为恶是分裂分化之源，所以造反者诉求单一性或称一统性，诸如秩序的单一性，行为的单一性，使命的单一性。造反者舍弃神明道德或社会契约，往三个方向挺进：诉求欲望自由和权力自由；追求表象和自我表现；激励杀害和毁灭。总之，造反者之所以亵渎神明，是希望产生新的神明，甚至自己成为神明。比如，基里洛夫设下的前提：假如上帝不存在，基里洛夫就是上帝。他的结论是：为了成为上帝，他应当自杀。唯其如此，才能教育芸芸众生，因为敢于自杀的人都是上帝。基里洛夫是荒诞人，斯塔夫罗金，伊凡·卡拉玛佐夫更是荒诞人，他们都是孤独的个体。

造反者个体在思考荒诞人生和死亡不可避免时会情不自禁地叹道："唉，我孤独无援。"但为摆脱压迫要求自由的欲望强烈到不惜为之牺牲生命，那就是维护一种价值了：不仅维护个人尊严，而且维护人类尊严。如果造反可以从中揭示自由、团结、正义，那么存在压迫的世界就是一个荒诞的世界。唯有造反才能阻挡荒诞。于是造反者就有生存的价值，就可以自豪地说："我反抗，故我存在。"不过，孤独的造反者需要绝对坚强的意志力，因为自由、正义、一统在形而上造反者眼里并不真正存在，只不过是一切激情的神化。

"世上最强有力的人是最孤独的个人。"（易卜生语）萨德在大牢里度过大半生，领衔最孤独的人应当之无愧，被称为戴镣铐的哲学家，创立了"绝对否定"的理论。他奋起反抗的上帝，是一个牺牲创造物的上帝。既然上帝和永生都不存在，就应许可新人成为上帝。于是施蒂纳应运而生。他把现实个体的"我"凌驾于一切之上，以"我"的名义，把上帝以及形形色色的神祇、国家、契约、协议等等统统舍弃，其后果必然引发无数的个体冲突，而唯一留存于世的则是施蒂纳这个所谓独善其身者，带着胜利的笑容统治着一座大坟墓。他自诩是世上"唯一的人"，独领风骚面对任何毁灭，决不退缩。这个极端虚无主义反抗者醉心于毁灭，要么死亡，要么重生，直奔极限边缘："发现沙漠之后，就不得不学会生存下去。"

尼采则比施蒂纳高明得多，他给世人的启示是，造反者只有放弃一切反抗才能成为神明，甚至放弃为修正这个世界而创造神祇的反抗："假如有个上帝，怎么忍受自己不是上帝呢？"尼采公然忌妒斯当达的名言："上帝唯一的托辞，就是上帝并不存在。"世界既然丧失了神明的意志，也就丧失了一统性与合目的性。因此世界不可能被判决。尼采为此承受着虚无主义造反的全部重负，自诩是欧洲第一个彻底的虚无主义者。这并非意趣使然，而是身世所驱，更有甚者，因为他太过伟大，拒绝不了自己时代的遗产。

确实，尼采是虚无主义的良心，他认为形而上造反始于"上帝死了"，但他自己并没有像萨德和施蒂纳那样制订过扼杀上帝的计划，只是发现了上帝死于他那个时代的灵魂之中，从而使反抗精神迈出决定性的一步："我们否定上帝和否认上帝责任，唯其如此，才能解救世界。"既然世人的得救不靠上帝去完成，那就应当在人世间自我完善。既然世界没有方向，世人一旦接受这个世界，就应当给它一个方向，以便达到高级的人类社会。

加缪对尼采的《权力意志》情有独钟，因为尼采破题儿第一遭叩问人生：世人可否毫无信仰地活着？这在西方是十足的虚无主义疑问。尼采说"上帝死了"，此言既非攻击耶稣本人，亦非抨击教会犬儒主义，而是否认教会的替代品：道德、人道主义或社会主义（系指德国国家社会主义）。上帝死亡的后果，使世人孤独了，也给世人自由了。然而世人一旦获得自由，即刻发现责任重大，困难重重：所谓"一切皆许可"，其实什么也做不成，不知所措了；既没有禁忌，也没有法则了。世人只有被抛弃的感觉，进入一个无目的的社会，怎么办？回答只能是彻底的、激进的：自由在于介入社会，参与崇拜神人，强化普适性，比如充当酒神狄俄尼索斯的化身，甘愿湮没于茫茫宇宙。

加缪从尼采的虚无主义中吸取某种积极的意义，对他而言，虚无主义在于不再相信现实存在和人生，虚无主义者把人生隶属于某些价值，以致很难摆脱现实困境。一旦这些所谓的价值崩溃了，世人就会产生两种态度：消极虚无主义，表现为绝望、消沉、无欲、疲乏、无聊，而积极虚无主义则求助于意志、活力、投机、冒险、行动。比如萨特《恶心》的主人公罗冈丹属于消极虚无主义者，而马尔罗《征服者》中的加里纳和《王家大道》中的彼根则是积极虚无主义者。《西西弗神话》中的荒诞人和《局外人》结尾中的默尔索，以及加缪笔下的其他两个人物：卡利古拉和玛尔塔均为积极虚无主义者。这是加缪第一阶段的荒诞感知；第二阶段他转为造反：在《反抗者》中，他把荒诞隶属于虚无主义，并将两者进行广泛的比较研究，认为荒诞是虚无主义的一种表现，进而断定虚无主义与荒诞是同根同族，也是一种疾病（尼采最终不也成了疯子吗？），所以必须与这种疾病斗争到底，坚持反抗绝望。

以上是加缪通过论述尼采来阐释其形而上反抗的一个方面，他还着重通过论述陀思妥耶夫斯基笔下的人物来阐述另一方面，比如陀氏化身之一的伊凡·卡拉玛佐夫。此人的生命历程逆理悖道：他以正义的名义进行反抗，把宽恕、情爱、真理置于上帝之上，即使错了，也坚持反抗。假如上帝存在，他仍一味无条件认可宽恕："窃以为没有永生就没有德行"，进而就没有法律，结论是"一切皆许可"。伊凡拒绝个人单独得救，把"要么得到一切，要么啥也得不到"改为"要么人人得救，要么谁也别得救"。伊凡并不否定上帝，因为上帝一旦被否定了，伊凡在反抗的尽头发现的自由即刻变成上帝。因此，伊凡始于热爱正义，终于听凭父亲被杀而变成疯子。总之，加缪在比较陀氏和尼采的虚无主义之后，得出结论："没有好的虚无主义和坏的虚无主义，就像没有好的荒诞和坏的荒诞之分。"

此外，正如萨德选择"城堡"，陀氏选择"地下室"作为场景，主人公皆为荒诞人，即为现世灵魂磨难的典型，具有强烈的地狱意识，其文学意义可以说预示未来战壕阵亡和集中营灭族屠杀。不同之处在于，萨德式人物欲主宰地狱权力，而陀氏荒诞人则逆来顺受，只求灵魂高尚。但两者都进入人生存在层面，跨入形而上造反的精神层面。

我们上述加缪的形而上造反，是指世人自身始终如一的存在，不是憧憬，也不是希望。这种造反，只会遇到不可抵抗的命运，又缺乏本应与命运形影相随的逆来顺受。这里指的是，人与其自身的阴暗面进行永久的对抗。世人总要求透明，而透明在荒诞人生中是不可企及的。于是，只能在荒诞的形而上孤独中叩问个体存在的意义。"我"，这个孤独的人，虽然"我身上的这颗心，自己能体验到，并能判定其存在"，但这个"我"只不过是"一掬之水，会从我的指缝流走"。我可以把这个"我"可能摆出的各种面孔一张张描绘出来，还可以描绘别人给予这个"我"的各种面貌，但不可将其相加。这颗孤独的心即使属于我，也永远无法让我确定我自己："我永远是自己的陌路人。"

因此，必须知道世人能否光凭荒诞而活着，或者逻辑要求世人因荒诞而自杀。然而，自杀是一种忘恩负义。荒诞人只能耗尽一切，包括耗尽自己。荒诞使他极度紧张，于是他不断孤军奋战，维持紧张。因为他知道在日复一日的觉悟和反抗中，他表现出自己唯一的真理，即挑战。"重要的不是永恒的生命，而是永恒的活力。"（尼采语）"上帝死了"之后，信仰失落的无家可归感，引起对存在意义的叩问。发现人生无意义，就是人对自身被抛入荒诞之中的自我发现。西西弗被定罪，被抛入历史，孤独无奈艰难地活下去，这本身就是对自身存在的一种叩问，更是一种自我觉醒。

加缪，如同马尔罗和萨特，也是法国二十世纪作家中叩问人生存在意义的先锋派。他们仨都是尼采的信徒，同时又以各自的方式偏离尼采主义。但不管怎么说，他们共同的视野源头都是尼采的论断："上帝死了"，进而"价值死了"，再而"理想死了"。一言以蔽之："创始原理缺失。"然而作为彻底的形而上造反者，他们的一切精神生活都是想自己成为精神上帝，站在某个道德的制高点上，创造一种崭新的精神形态赋予人类命运。虽然他们的精神作品能否永存还需历史来检验，但他们都竭尽人事了。

沈志明

二○一二年春末于上海

卷首语①

下面的篇章论说一种荒诞感,即散见于本世纪的那种荒诞感,而不论及荒诞哲学。因为确切地讲,对现时代我们尚不甚了了,所以必须首先申明,下列篇章得益于某些智者,这是最起码的诚实。我的本意是毫不掩盖,随处都会援引他们的真知灼见,并加以评论。

但同时有必要指出,荒诞迄今一直是当做结论的,而在本散论中则是出发点。从这层意义上可以讲,我的述评是临时性的,因为很难预料所采取的立场。本着只对一种精神病态作纯粹的描述,暂不让任何形而上、任何信仰混杂其间。这是本书的局限所在和唯一主张。

① 此标题为译者所加。

荒诞推理

荒诞与自杀

真正严肃的哲学问题只有一个，那便是自杀。判断人生值不值得活，等于回答哲学的根本问题。至于世界是否有三维，精神是否分三六九等，全不在话下，都是些儿戏罢了，先得找到答案。如果真的像尼采所要求的那样，一个哲学家必须以身作则才受人尊敬①，那就懂得这个答案的重要性，因为接下来就会有无可挽回的行为了。这是显而易见的事，心灵是很容易感知的，然而必须深入下去，在思想上才能使人看得更清。

倘问凭什么来判断这个问题比那个问题紧要，回答是要看问题所引起的行动。我从未见过有人为本体论而去死的。伽利略握有一个重要的科学真理，但这个真理一旦使他有生命之虞，他便轻易放弃了。从某种意义上讲，他行之有理②，但不值得。他的真理连火刑柴堆的价值都不如。到底地球围着太阳转还是太阳围着地球转，压根儿无关大局。说穿了，这是个无足轻重的问题。反之，我倒目睹许多人，觉得人生不值得度过而轻生了事。我也看到有些人，因某些思想或幻想给了他们生的依据而为之献身（有人称生的依据同时也是极好的死的依据）。基于此，我断定生命的意义是最紧迫的问题。何以见得？

就所有的根本问题而论，我指的是可能导致死亡的问题或强烈激起求生欲望的问题。思维方式大致只有两种，即拉帕利斯方式③或堂吉诃德方式。唯有明摆着的事实并加上恰如其分的抒情表达，才能既打动我们的感情又照亮我们的思路。对如此朴质如此悲壮的主题，可以设想，精深而古典的辩证法应当让位于比较谦逊的精神气度，既出自人之常情，又富有同情心理。

世人一向把自杀只看做一种社会现象。我们则相反，首先研究个体思想与自杀之间的关系。自杀这类举动，如同一件伟大的作品，是在心灵幽处酝酿成熟的。本人则不知情。某天晚上，他开了枪或投了水。一天我听说，一位房产总监自杀了，因为五年前死了女儿，之后，他变了许多，此事"把他耗尽了"。甭想找到更确切的词了。开始思索，等于开始被耗。社会对此是无大干系的。耗虫长在人心中。必须深入人心去寻找。这种死亡游戏，从清醒面对生存到逃离光明，我们都必须跟踪相随和体察谅解。

自杀的起因有许多。一般而言，最明显的原因不是最致命

---

① 参见尼采《非现实的考虑》第三章《教育家叔本华》："我只对能够以身作则的哲学家表示关注，他必须能够以自身的榜样带领各族人民，这是毫无疑问的……但榜样还必须以看得见的活力表现出来，而不仅仅通过书本来树立。"
② 从真理的相对价值而言，他做对了。相反，从生殖行为来讲，这位学者的脆弱性令人嗤笑。
③ 拉帕利斯(1470—1525)，法兰西元帅，骁勇善战，多次在重大战役中立大功。他奋不顾身，视死如归，在俗人眼里，近乎幼稚。

的原因。世人极少深思熟虑而后自杀（但不排除假设）。激发危机的起因几乎总是无法监控的。报刊经常谈起"隐私之痛"或"不治之症"。这些解释虽然说得过去，但应当弄清出事当天，绝望者的某个朋友是否用漠不关心的口气跟他说话。此人罪责难逃。因为这足以把他逼上绝路：所有未了的怨恨和倦怠统统促他坠入绝境。我们要借此机会表明本散论的相对性质。自杀确实可以跟一些光彩得多的思考联系在一起。比如，在中国革命中，有过所谓表示抗议的政治性自杀。

如果说很难锁定精神对死亡押宝的准确时刻和精确举措，那就比较容易从自杀行为本身取得假设的结果。自杀，在某种意义上，像在情节剧里那样，等于自供。就是自供跟不上生活，抑或不理解人生。但也不要在这些类比中走得太远，还是回到日常用语上来吧。那只不过供认"不值得活下去"罢了。生活，自然从来都不是容易的。世人一如既往做出生存所需的举动，出于多种原因，其中首要的是习惯。自愿死亡意味着承认，哪怕是本能地承认这种习惯的无谓性，承认缺乏生活依据的深刻性，承认日常骚动的疯狂性以及痛苦的无用性。

究竟哪种不可估量的情感剥夺了精神赖以生存的睡眠呢？一个哪怕是能用邪理解释的世界，也不失为一个亲切的世界。但相反，在被突然剥夺了幻想和光明的世界中，人感到自己是陌路人。这种放逐是无可挽回的，因为对失去故土的怀念和对天国乐土的期望被剥夺了。人与其生活的这种离异、演员与其背景的离异，正是荒诞感。所有想过自杀的健全人，无需更多的解释便能承认，这种荒诞感和想望死亡有着直接的关系。

这部散论的主题正好涉及荒诞与死亡的关系，正好涉及用自杀来解决荒诞的切实手段。原则上可以肯定，一个表里一致的人，对他信以为真的东西理应付之于行动。故而对人生荒诞的信念应当支配他的行为。不妨抱着合理的好奇心自问，直言不讳而非假惺惺地自问，这种支配的结果是否迫使人们尽快从一种不可理解的状况中解脱出来。这里指的自然是那些言必信、信必果的人。

这个问题用明晰的措辞提出，可能显得既简单又难解。但以为简单的问题会带来简单的答案，显而易见的事就是显而易见的事，那就错了。推本溯源，把问题的措辞倒过来，不管自杀或不自杀，似乎只有两种哲学解决办法，要么是肯定的答案，要么是否定的答案，这未免太轻而易举了吧！应当重视那些疑团未解的人。窃以为他们属于大多数。我还注意到，一些人嘴上否定，行动起来好像心里又是肯定的。事实上，要是接受尼采的准则①，他们心里想来想去还是肯定的。相反，自杀的人往往对人生的意义倒确信无疑。这类矛盾经常发生。甚至可以说，在这一点上，相反的逻辑显得可取时，矛盾从来没有

---

① 参见尼采：《权力意志》，第476页。大意是："我否定五次"之后，"我的新思路却走向肯定"。

如此鲜明过。把哲学理论与宣扬哲学理论的行为进行比较，未免太俗套了。但应当明确提出，在排斥人生具有某种意义的思想家中，除了文学人物基里洛夫①、传奇人物佩雷格里诺斯②和假设人物儒尔·勒基埃③，没有一位将其逻辑推至排斥人生的。据说叔本华面对丰盛的饭局赞扬过自杀，并常拿来作为笑料引用。其实没有什么可笑的。叔氏不把悲剧当回事儿，虽然不怎么严肃，但终究对自杀者作出了判断。

面对上述矛盾和难解，世人对人生可能产生的看法和脱离人生所采取的做法，这两者之间，难道应当认为没有任何关联吗？对此，切勿夸大其词啊！人对生命的依恋，具有某种比世间一切苦难更强的东西。对肉体的判断相当于对精神的判断，而肉体则畏惧毁灭。我们先有生活的习惯，后有思想的习惯。当我们日复一日跑近死亡，肉体始终行进着，不可折返。总之，这个矛盾的要义包含在我称之为隐遁的内容中。比帕斯卡尔赋予"转移"一词的内涵，既少点儿什么又多点儿什么。致命的"隐遁"，即为希望，是本散论的第三个主题。所谓希

---

① 陀思妥耶夫斯基《群魔》中重要人物，参见本书《基里洛夫》一节。
② 希腊犬儒派哲学家，于165年奥林匹克运动会期间自焚。
　　"我听说战后一位作家誓与佩雷格里诺斯方式比高低，为引起公众对他作品的注意，写完第一本书就自杀了。他确实引起了注意，但书被认为写得很糟糕。"
　　此人很可能是安德烈·加耶，于1929年12月16日自杀，其时正出版的书叫《地球不属于任何人》，是本超现实主义的散文和诗歌集。——原注
③ 勒基埃(1814—1862)，法国哲学家，神秘失踪于大海。

望，就是对下辈子生活的希望，应当"对得起"才行，抑或是自欺欺人：不是为生活本身而生活，而是为某个伟大的理念而生活，让理念超越生活，使生活变得崇高，给生活注入意义，任理念背叛生活。

这么说下去大有故意把水搅浑之嫌。至此，玩弄字眼并非枉然，假装相信拒绝人生有某种意义，势必导致宣称人生不值得活。其实，这两种判断之间没有任何硬性标准。只不过不要因上述的含糊其辞、离弦走板儿和自相矛盾而迷失方向。应当排除万般，单刀切入真正的问题。世人自杀，因为人生不值得活，想必是没错的，但不是什么真知灼见，因为这是显而易见的道理。这种对人生的大不敬，对投入人生的否认，是否出自人生无谓说呢？人生之荒诞，难道非要世人或抱希望或用自杀来逃避吗？这是在拨冗删繁时所需揭示、探究和阐明的。荒诞是否操纵死亡？必须优先考虑这个问题，甭去管形形色色的思想方法和无私精神的把戏。在这种探究和激情中，细微差别呀，各类矛盾哪，"客观的"智者随时善于引入各种问题的心理学呀，都不重要了。只需一种没有根据的思维，即逻辑。不容易呀。有逻辑性倒不难，而自始至终合乎逻辑却几乎是不可能的。亲手把自己弄死的人如此这般沿着自己感情的斜坡走到底。于是在思考自杀时，我有理由提出唯一使我感兴趣的问题：是否存在一种直通死亡的逻辑？我在此指明了推理的根源，只有不带过度的激情，光凭显而易见的事实来进行推理，我才能知道这种逻辑。所以我管这种推理叫荒诞推理。许多人已经着手进行了。不过我不知道他们是否锲而不舍。

卡尔·雅斯贝尔斯在揭示世界统一体不可构成时惊呼："这种限制性把我引向自我,在自我中,我不再躲到我一心表现的客观论点背后,无论是我自身还是他人的存在,对我都不再可能成为对象了。"①在许多人之后,他又使人想起那人迹罕至、无水缺源的境地,在那里思想达到了极限。在许多人之后,大概是的吧,但那些人又是多么急于求成啊!许多人,甚至最卑微的,都到达了思想动摇的最后转折点。这些人在到达转折点时,纷纷摒弃了他们一向最为珍视的生命。另一些人,即思想精英们,也摒弃了他们的生命,但,在最纯粹的精神叛逆中,是在精神自杀中进行的。真正的拼搏在于尽可能地反其道而行之,在于密切注视遥远国度的奇花异木。对于荒诞、希望和死亡互相纠缠的无情游戏,需要有得天独厚的观察力,即执著力和洞察力。这种胡缠乱舞既简单初级又难以捉摸,但智者可以解析其图形,而后加以阐明,并身体力行。

---

① 卡尔·雅斯贝尔斯(1883—1969),德国心理学家和哲学家。此处引言张冠李戴,应出自海德格尔的《存在哲学》。

荒诞的藩篱

深刻的情感，如同伟大的作品，其蕴涵的意义总比有意表达的要多。内心始终不渝的活动或反感，继续存在于所做或所思的习惯中，这种恒定性所导致的后果，心灵本身全然不知。伟大的情感带着自身的天地，或辉煌的或卑微的，遨游于世，以其激情照亮了一个排他性的世界，在那里又找回了适得其所的氛围。忌妒、奢望、自私或慷慨，各有一方天地。所谓一方天地，就是一种形上境界和一种精神形态。专一化了的情感，所含的真实，比发端时的激动包含更多的真实。因为后者是未确定的，既模糊又"肯定"，既遥远又"现实"，有如美好赋予我们的，或荒诞所引起的那种激动。

荒诞感，在随便哪条街上，都会直扑随便哪个人的脸上。这种荒诞感就这般赤裸裸叫人受不了，亮而无光，难以捉摸。然而这种难处本身就值得思考。作为一个人，我们很可能真的永远认识不了，总有些不可制约的东西会把握不住。但我**几乎能**认识世人，从他们的整体行为、从他们的生活历程所引起的后果认出他们。同样，对那些无法分析的种种非理性情感，我**几乎能**界定，**几乎能**鉴定，无非将其后果全盘纳入智力范畴，无非抓住和实录非理性情感的方方面面，重新描绘其天地。可以肯定，同一个演员，即便看过一百次，也不一定对他会有更深的认识。不过，假如把他扮演的角色归总起来，归总到他演的第一百个角色时，我对他就稍有认识了，此话总有几分道理吧。因为明显的悖论也含寓意，具有某种教益。教诲在于，一个人可以通过演戏，同样也可以凭借自己真诚的冲动，来给自己定位。由此推及，比如一种忍声的低调，又如某些心底无处寻觅的情感，不禁因其激发的行动，因其假设的精神形态，而部分地表露出来，也可以自我定位。读者诸君感觉得出，这是在确定一种方法。但也感觉得出，这种方法是分析方法，并非认识方法。因为方法意味着形而上，不知不觉表露了有时硬说尚未认识的结论。正如一本书最后的篇章已经体现在最初的篇幅中了。这是难以避免的。这里所确定的方法袒露了胸次：全盘真实的认识是不可能有的。唯有表象可以计数，气氛可以感觉。

这种不可捉摸的荒诞感，我们也许由此可以触及了，在相异而博爱的世界里，诸如智力的世界里，生活艺术的世界里，或干脆说艺术的世界里，因为荒诞气氛一开始就有了。总之，这是荒诞的天地，是用自身固有的亮光照耀世界的精神形态。后者善于把得天独厚而不可改变的面目识别出来，使其容光焕发。

一切伟大的行动和一切伟大的思想，其发端往往都微不足道。伟大的作品往往诞生于街道的拐弯处或饭店的小门厅。事情就是如此荒诞。与其他世界相比，荒诞世界更能从这种可怜兮兮的诞生中汲取其高贵。某些境况下，一个人被问及他的思想本质时，答道："没有任何本质"，也许是一种虚与委蛇吧。至亲好友心里是很明白的。但，假如回答是真诚的，假如回答表示这么一种奇特的心境：虚无变得很能说明问题了，日常的锁链给打断了，心灵再也找不到衔接锁链的环节了，那么这样的回答就变成了荒诞的第一个征兆。

背景某天势必倒塌。起床，有轨电车，办公或打工四小时，吃饭，有轨电车，又是四小时工作，吃饭，睡觉；星期一、星期二、星期三、星期四、星期五、星期六，同一个节奏，循此下去，大部分时间轻便易过。不过有一天，"为什么"的疑问油然而生，于是一切就在这种略带惊讶的百无聊赖中开始了。厌倦处在机械生活的末端，但又是开启意识活动的序幕：唤醒意识，触发未来。未来，要么在循环中无意识的返回，要么彻底清醒。觉醒之后，久而久之，所得的结果，要么自杀，要么康复。百无聊赖本身带有某种令人反感的东西。不过这里，应当得出结论说，百无聊赖也有好处。因为一切从觉悟开始，唯有通过觉悟才有价值。鄙见毫无独到之处，不过是些不言自明的道理：适逢对荒诞的根源粗略了解，此亦足矣。

单纯的"忧虑"乃万事之发端①。

同样，天天过着没有光彩的生活，时间载着我们走。但总有一天必须载着时间走。我们靠未来而生活："明天"，"以后再说"，"等你有了出息"，"你到了年纪就明白了"。这些前言不搭后语的话挺可爱的，因为终于涉及死亡了。不管怎样，人都有那么一天，确认或承认已到而立之年。就这样肯定了青春已逝。但，同时给自己在时间上定位。于是在时间中取得了自己的位置。他承认处在一条曲线的某个时间点上，表明必将跑完这条曲线。他属于时间了，不禁毛骨悚然，从时间曲线认出他最凶恶的敌人。明天，他期盼着明天，可是他本该摒弃明天的。这种切肤之痛的反抗，就是荒诞。但，并非本意上的荒诞。此处不在乎下定义，而是**罗列**可能包含荒诞的情感。**罗列**已经完成，荒诞的意义却言犹未尽。

较低一个层次，就是诡谲性：发觉世界是"厚实"的，瞥见一块石头有多么的奇异，都叫我们无可奈何；大自然，比如一片风景，可以根本不理会我们。一切自然美的深处都藏着某些不合人情的东西，连绵山丘、柔媚天色、婆娑树荫，霎时间便失去了我们所赋予的幻想意义，从此比失去的天堂更遥远了。世界原始的敌意，穿越几千年，又追向我们。一时间我们

---

① "单纯的'忧虑'"，是海德格尔的说法，参见《存在与时间》。此处转引自法籍俄裔居尔维奇（1897—1965）的专著《德国哲学的当前倾向》，弗兰版，第210页，1930年。

莫名其妙，因为几百年间我们只是凭借形象和图画理解世界，而且这些形象和图画是我们预先赋予世界的，从此之后再使用这种人为的手段，我们就力莫能及了。世界逃脱了我们，再次显现出自己的本色。那些惯于蒙面的背景又恢复了本来面目，远离我们而去。同样，有些日子，见到一个女人，面孔熟悉，如同几个月或几年前爱过的女人，重逢之下却把她视同陌路，也许我们硬是渴望使我们突然陷于孤独的那种东西。但时候未到哇。唯一可肯定的：世界这种厚实和奇异，就是荒诞。

世人也散发出不合人情的东西。在某些清醒的时刻，他们举止的机械模样，他们无谓的故作姿态，使他们周围的一切变得愚不可及。一个男人在封闭的玻璃亭中打电话，他的声音听不见，但看得见他拙劣的模拟表演。我们不禁想问：他为什么活着。面对人本身不合人情所产生的这种不适，面对我们自身价值形象所感到的这种无法估量的堕落，正如当代一位作家所称的那种"恶心"[①]，也就是荒诞。同样，自己照镜子，突然看到有陌生人朝我们走来，或在我们自己的相册里重新见到亲切而令人不安的兄弟，这还是荒诞。

最后要讲死亡了，要讲我们对死亡的感受了。在这一点上，话已说尽，切戒悲天悯人，是为得体。其实最叫人惊讶的是，大家都活着，却好像谁也"不知道"似的。实际上是因为

[①] 指萨特的小说《恶心》。

缺乏死亡的体验。从本意上讲，只有生活过的，并进入意识的东西，才是经验过的。这里不妨勉强谈论他人的死亡经验。这是一种代用品，一种智者见地，对此我们从来没有信服过。悲怆的俗见不能叫人心悦诚服。恐惧实际上来自事变毋庸置疑的层面。时间之所以使我们害怕，是时间展现数学般的演示，答案来自演示之后。所以关于灵魂的种种漂亮说法，在这里至少要稍为接受经验法对其对立面的检验。耳光括在僵死的躯体上留不下痕迹，灵魂已经出窍了。经历这个基本的、关键的层面，构成了荒诞感的内容。无用感在这种命运的死亡阴影下萌发了。血迹斑斑的数学规律支配着我们的生存状况，对此，任何道德、任何拼搏都无法先验地解释清楚。

再说一遍，上述的一切，前人翻来覆去都讲过了。我只不过做了个粗略的归类，指出显而易见的主题。这些主题贯串一切文学和一切哲学，充斥日常谈话，没有必要再杜撰了。但必须把握这些显而易见的情况，以便探讨至关重要的问题。再强调一遍，我感兴趣的，主要不在于发现种种荒诞，而是荒诞产生的结果。假如对这些情况确信无疑了，难道还需要作结论吗？到什么地步才算没有漏洞呢？是应当自甘死亡，抑或死活抱着希望呢？有必要事先在智力上做一番同样粗略的清理了。

精神的首要活动是区别真假。然而，思想一旦反思自身，

首先发现的,便是一种矛盾。强词夺理是不管用的。几百年来,对此道没有人比亚里士多德演绎得更清楚、更漂亮了:

> 这些观点不攻自破,其后果经常受人嘲笑。因为,肯定一切都是真理,等于肯定对立面的肯定,其结果等于肯定我们自己的论点是谬误(因为对立面的肯定不容我们的论点是真理)。但,假如说一切都是谬误,这种肯定也是谬误了。假如宣称只有与我们对立的肯定才是谬误,抑或只有我们的肯定才不是谬误,那么我们就不得不接受无数真的或假的判断。因为谁提出真的肯定,等于同时宣布肯定就是真理,照此类推,以至无穷。①

这种恶性循环只是一系列恶性循环的第一环,而精神在反省自身时,便卷入这个系列旋涡,晕乎乎迷失了方向。上述悖论,简单明了得不能再简单明了啦。不管何种文字游戏和逻辑绝技,理解首先便是统合。精神深层的愿望,甚至在最进化的活动中,也与人面对自己天地的无意识感相依为命。所谓无意识感,就是强求亲切,渴望明了。就人而言,理解世界,就是

---

① 出自亚里士多德《形而上学》第四卷第八章。此处是希腊哲人针对极端怀疑派而发。但这段话,加缪转引自列奥·谢斯托夫(1866—1938)这位俄国作家和哲人的《钥匙的权力》,1928年出版,第317页。不过,有一句有点儿出入,原文是:"不得不接受无其数真实的和虚假的判断。"

迫使世界具有人性，在世界上烙下人的印记。猫的世界不同于食蚁动物的世界。"任何思想都打上人格的烙印"，这道理是不言自明的，别无深意。同样，精神竭力理解现实，而且只有把现实概括成术语时，才觉得充分。假如人承认世界也能热爱和受苦，那么人就会心平气和了。假如思想在现象的幻境中发现一些永恒的联系，既能把现象概括为单一的原则，又能把自身归纳为单一的原则，那就算得是精神走运了，而精神幸运的神话只不过是可笑的伪劣。这种对统合的怀念，对绝对的渴望，表明了人间戏剧最基本的演进。然而，说怀念是个事实，并不意味着怀念应当立即得到缓解。因为，假如在跨越欲望和攫取之间的鸿沟时，我们赞同巴门尼德①，肯定单一（不管是怎样的单一）这个现实，那么我们就坠入可笑的精神矛盾中，这是一种肯定大一统的精神，并通过肯定自身来证明自己与众不同，进而声称能化解分歧。这又是一种恶性循环，足以抑制我们的希望。

  上述依旧是些不言自明的道理。我再次重申，这些道理本身并无新意，令人感兴趣的是可以从中引出的结论。我还知道另一个不言自明的道理，那就是人必有一死。从中引出极端结论的智者可以数得出来。本散论中，自始至终用作参照的，是我们以为知道的和实际知道的之间存在的不变差距，是实际

---

① 巴门尼德（约前544—前450），古希腊哲学家。

赞同和假冒无知之间的不变差距；假冒的无知使我们靠理念活着，而这些理念，倘若我们真的身体力行，就会打乱我们整个生活。面对精神的这种难解难分的矛盾，我们恰好要充分把握分离，即把我们和我们自己的创作划开。只要精神满怀希望在固定的世界里保持沉默，一切就在精神怀念的统合中得到反映，并排列得井然有序。但这个世界只要动一动，就会分崩离析：无数闪烁的碎片自告奋勇地来到认识的眼前。不必抱希望有朝一日会重建这个世界亲切而平静的表面，给我们心灵以安宁。继那么多世纪的探索之后，继思想家们那么多次让贤之后，我们心明眼亮了。就我们的全部认识而言，这一点是千真万确的。除了职业的唯理论者，人们如今对真正的认识已不抱希望。假如一定要写人类思想唯一有意义的历史，那只得写人类世代相继的悔恨史和无能史了。

　　确实，我能说"我知道"谁的什么和什么的什么。我身上的这颗心，我能体验到，并能判定其存在。这个世界，我能触及也能判定其存在。我的学问仅此而已，其余有待营造。因为，假如我试图把握我所确认的这个我，并加以定位和概括，那么这个我只不过是一掬之水，会从我的指缝流走。我可以把"这个我"会摆出的各种面孔一张张描绘出来，还可以描绘别人给予"这个我"的各种面貌，包括其出身、教育、热忱或沉默、伟大或卑劣。但不可把面貌相加。这颗心即使属于我的，我也永远无法确定。我对自己存在的确信和我对这种确信试图赋予的内容，两者之间的鸿沟，永远也填不满。我永远是自己的陌路人。在心理学上，如同在逻辑学上，有真理又没有真理。苏格拉底的"认识你自己"，其价值等同我们忏悔室里的"要有德行"。两者既流露怀念，也表露无知。无非拿重大的主题做游戏，是毫无结果的。这些游戏只在符合近乎确切的尺度时才说得过去。

瞧，比如树木吧，我熟悉树木的粗糙、水分，嗅得出树木的气味。草的芬芳，星的馥郁，夜晚，心情舒坦的某些晚上，我怎能否认我体验到了强而有力的世界？然而，地球上的全部科学，压根儿不能使我确信这个世界是属于我的。你们给我描绘世界，教我归类世界。你们列举地球的规律，在我渴求知识的时候，我同意地球的规律是真实的。你们剖析地球的机制，于是我的希望为之倍增。末了，你们告诉我神奇美好又多姿多彩的宇宙归结为原子，而原子又归结为电子。所有这一切好得很，我等着你们继往开来。但你们对我说有一种见不着的星球系统，有不少电子围绕一个核团团转动。你们用形象向我解释了世界。于是我看出你们是在作诗，那我就一辈子也弄不清楚了。我还没来得及发火，你们已经改变理论了，难道不是这样吗？这么说来，本该教我懂得一切的科学在假设中就结束了，清醒的认识在隐喻中沉没了，不确定性在艺术作品中找到了归宿。难道我先前需要付出这么多努力吗？与之相比，山丘柔和的线条和夜晚摸着激跳的心口，教给我更多的东西。言归正传,如果说我通过科学懂得现象并一一历数,我却不能因此而说已理解世界。即使我用脚丈量过全球的高山峻岭,也不会知道得更多。你们让我在写实和假设之间选择,写实是可靠的,但对我毫无教益,而假设即便对我有教益,却根本不可靠。我对自己对世界都陌生,唯一可依赖的,是用某种思想武装起来,而这种思想一旦肯定什么就自我否定了;我唯有拒绝认知和摒弃生命才能得到安宁,而且好胜的愿望总是在藐视其冲击的藩篱上碰壁,这是怎样的状况呢?有志者,必挑起悖论。一切就绪,按部就班,就等着出现中了毒的安宁,那正是无忧无虑、心灵麻木或致命的摒弃所造成的。

智力以自身的方式也让我明白世界是荒诞的。作为对立面的盲目性,徒然声称一切都是明明白白的,而我则一直期待着证据,一直期待着理性有理。但尽管经历了那么多自以为是的世纪,外加产生过那么多振振有词的雄辩家,但我清楚此说不对。至少在这方面,恕我孤陋寡闻,是不走运的。所谓放之四海而皆准的理性,实践的或精神的,所谓决定论,所谓解释万象的种种范畴,无一不使正直的人嗤之以鼻。与精神根本不搭界。被否定的精神,真知灼见是受到束缚的。在这种难以估算而有限度的天地里,人的命运从此有了意义。一个非理性族群站起来了,周匝而围,直至终了。荒诞感恢复了明智,如今又得到了协调,于是清晰起来了,明确起来了。我说过世界是荒诞的,未免操之过急了。世界本身不可理喻,我们所能说的,仅此而已。所谓荒诞，是指非理性和非弄清楚不可的愿望之间的冲突，弄个水落石出的呼唤响彻人心的最深处。荒诞取决于人，也不多不少取决于世界。荒诞是目前人与世界唯一的联系，把两者拴在一起，正如唯有仇恨才能把世人锁住。我在失度的世界里历险，所能清晰辨别的，仅此而已。就此打住吧。荒诞规范着我与生活的关系，假如我把这种荒诞当真，假如我心中充满在世界奇观面前激动不已的情感，充满科学研究迫使我具备的明智，那么我就应当为这些确认牺牲一切，就应当正视这些确认，并加以维护。尤其应当据此而规范我的行为，不管产生什么后果，都紧跟不舍。我这里讲的是正直性。但我要求事先知道思想是否能在这些荒漠中成活。

我获悉思想至少已进入这些荒漠，在那里找到了面包，明白了先前只是靠幻象充饥的。思想给人类思考最迫切的几个主题提供了机会。

荒诞从被承认之日起，就是一种激情，最撕心裂肺的激情。但，全部的问题在于人是否能靠激情生活，还在于是否能接受激情的深层法则，即激情在振奋人心的同时也在焚毁人心。这还不是我们将要提出的法则，而是处于上述体验的中心，会有时间再谈的。不如先承认产生于荒漠的主题和冲动吧，只要一一列举就行了。这些东西如今也众所周知了。这不,一直就有人捍卫非理性说的权利。传统上存在一种说法,叫委曲求全的思想,这个传统一直没有间断过。对理性主义的批判次数太多了,似乎不必再批判。然而我们的时代一直出现反常的体系,想方设法绊倒理性,仿佛理性果真一直在向前进哩。但不等于证明理性有多大效力,也不等于证明理性的希望有多强烈。从历史上看,两种态度始终存在,表明人的基本激情,把人左右夹攻得苦不堪言,又要呼唤统合,又要看清会受藩篱的重重包围。

然而,也许从来没有别的时代像我们时代这样对理性发起更猛的攻击。自从查拉图斯特拉①大声疾呼:"偶然,这是世上最古老的贵族。当我说没有任何永恒的意志愿意君临万物万象时,我就把最古老的贵族头衔还给了万物万象。"自从克尔恺郭尔得了不治之症时说:"这病导致死亡,而死亡之后什么也没了。"荒诞思想的主题层出不穷,有意味深长的,也有折磨人心的,抑或至少非理性思想和宗教思想是如此,这种微妙的区别是至关重要的。从雅斯贝尔斯到海德格尔,从克尔恺郭尔到谢斯托夫,从现象学者到舍莱尔②,就逻辑和道德而言,整整一个智者家族,因怀旧结为亲戚,因方法或目的而反目,他

---

① 查拉图斯特拉,波斯教先知和改革派领袖,活动于公元前六世纪伊朗东北部,认为世界有善与恶两个对立的本原,火则代表善良和光明,主张以高度的道德观分清善与恶。
② 舍莱尔(1874—1928),德国哲学家。

们千方百计挡理性的王家大道，想方设法重新找到真理的通途。此处，在下对那些已知的和体验过的思想作个假设。不管智者们现在或过去有什么抱负，他们统统从那个无法形容的世界出发。那里占统治地位的是：矛盾，二律背反，焦虑或无能为力。他们的共同点，恰恰是迄今人们所披露的主题。必须明确指出，对他们也不例外，尤为重要的是他们从发现中引出的结论。这非常重要，有必要专门研究。眼下只涉及他们的发现和他们最初的经验。问题只在于证实他们的亲和力。假如硬要论证他们的哲学，是可以把他们共同的氛围烘托出来的，并且不管怎么说，这也就足够了。

海德格尔冷峻地审视了人生状况，宣告人类生存受到了凌辱。唯一的现实，是生灵在各个阶段的"忧虑"。对迷途于世的人及其排遣而言，这忧虑是一种转瞬即逝的恐慌。但恐慌一旦意识到自身，便成为焦虑，即清醒者永久的氛围，"在这种氛围中生存重新抬头"。这位教授[①]使用最抽象的语言，手不发抖地写道："人类生存的完整性和局限性比人本身处于更优先的地位。"他对康德的兴趣在于承认康德"纯理性"的局限性，在于对自己的分析作出结论："世界向焦虑的人再也提供不出任何东西了。"这种忧虑，他觉得实际上大大超越了推理的范畴，以至脑子里老惦念着，嘴巴上老唠叨着。他列出忧虑

---

① 指海德格尔，本段引言，加缪均转引自居维奇《德国哲学的当前倾向》。

西西弗神话

的方方面面：当平凡的人千方百计使忧虑普遍化并使之越来越沉重时，烦恼便显现了；当智者静观死亡时，恐惧便显露了。他不把意识和荒诞分家。死亡的意识，就是忧虑的呼唤，于是"存在通过意识发出自身的呼唤"。死亡的意识就是焦虑的声音，要求存在"从消失重新回到芸芸众生中来"。对他自己也一样，不该高枕无忧，而必须鞠躬尽瘁、死而后已。他置身于荒诞世界，接受着荒诞世界的可憎性，在废墟中寻找自己的声音。

雅斯贝尔斯对一切本体论都绝望了，因为他硬要相信我们失去了"天真性"。他知道我们无所作为，做什么也不能使表象的致命游戏升华。他知道精神的终结便是失败。他沿着历史赋予我们的精神历险，磨蹭踯躅，无情地识别出各种体系的缺陷，识别出挽回一切的幻觉，识别出不遮不掩的预言。在这颓败的世界，认识的不可能性已被论证，虚无好像是唯一的现实，无援的绝望，唯一的姿态，于是他试图重新找到通向神秘天国的阿丽娅娜导线①。

谢斯托夫独占一方，一直致力于单调得叫人钦佩的著作，始终不懈地朝着同样的真理奋进。他屡屡指出，最严密的体系，最普遍的理性主义，到头来终将在人类思想的非理性上碰壁。任何不言自明的道理，哪怕含讽刺意义的，任何对理性不

---

① 阿丽娅娜导线，出自希腊神话：忒修斯到达克里特岛，定要进迷宫同牛首人身的怪物决斗。阿丽娅娜给他一个线团，让他把线头拴在门口，杀死怪物后，顺着导线走出迷宫。成功之后，他带着阿丽娅娜出逃了。

敬的矛盾，哪怕令人嗤之以鼻的，都逃不过他的眼睛。唯一使他感兴趣的事情，实属例外，那就是心灵史或精神史。通过陀思妥耶夫斯基式的死囚经验，通过尼采式的精神激剧历险，通过哈姆雷特式的咒语或易卜生式的苦涩贵族德行，谢斯托夫探索着、指明着、提升着人类对不可救药性的反抗。他不把自己的一套道理用在理性上，带着几分毅然决然，开始涉足毫无色彩的荒漠，在那里一切确定性都变成了石头。

他们之中最有诱惑力的恐怕是克尔恺郭尔，至少他的部分经历比发现荒诞更吸引人：他体验了荒诞。"最可靠的缄默不是闭口不言，而是张口说话。"①写下此话的人，一开始就确信任何真理都不是绝对的，都不能使本身不可能实现的存在变得令人满意。身为一通百通的唐璜（尼采语）②，克尔恺郭尔多次更换笔名，矛盾百出，既写出《布道词》，也写下《诱惑者的日记》这样一本犬儒主义唯灵论的教科书。他拒绝安抚，拒绝诤言，拒绝休息守则。他心里感到的那根刺③，不是用来平息痛苦，相反是用来唤醒痛苦，怀着甘当受难者的那种绝望的欢乐，一点一滴地制造受难者：清醒，违拗，装模作样，就是说

---

① 借用《论绝望》法文版译者序中一句话，并非克尔恺郭尔原话，但克氏在《日记》（第三卷）中确实写过一段意义近似的话。
② 参见尼采《黎明》，法文版，第327页。
③ 肉中刺的形象一直困扰着克尔恺郭尔，典出《保罗致哥林多人后书》，参见《圣经·新约》第十二章第七节："又恐怕我因所得的启示甚大，就过于自高，所以有一根刺加在我肉体上，就是撒旦的差役，要攻击我，免得我过于自高。"

制造魔鬼附身者的系列。那张既温存又冷笑的面容，那些随着发自灵魂深处的呐喊而旋转的陀螺，就是荒诞精神本身与超越它的现实所遭遇的情景。克尔恺郭尔的精神冒险，导致了付出昂贵代价的丑闻，开始时就非常糟糕，是一种没有自身背景的体验，被打回最原始的自相矛盾中去了。

另外，在方法上，胡塞尔和现象学家们极尽夸张之能事，在多样性中重组世界，否定理性的超验力。精神世界随着他们难以估量地丰富起来。玫瑰花瓣，公里计数坐标或人的手所具有的重要性与爱情、欲望或万有引力定律相同。思想，不再意味着统合，不再是以大原则的面目使表象变得亲切。思想，就是重新学习观察、关注，就是引导自己的意识，就是以普鲁斯特的方法把每个理念、每个形象变成得天独厚的领地。离谱儿的是，一切都是得天独厚的。能为思想正名的，是对思想极端在意。胡塞尔为使自己的方法比克尔恺郭尔或谢斯托夫的更为实证，从根子上就否定理性的古典方法，破除希望，打开直觉和心灵的大门，输入层出不穷的现象，丰富得有些不合人情。这些道路，要么通向一切科学，要么一门科学也通不到。就是说，此处手段比目的更为重要。问题仅在于"对认知的态度"，而不在于慰藉。再说一遍，至少在根子上是如此。

怎能感觉不到这些智者根深蒂固的亲缘关系？怎能觉察不到他们聚集在独自享有却痛苦得没有任何希望的领地呢？但愿，要么一切都能解释清楚，要么什么也别解释。况且，理性面对这种心灵呐喊是无能为力的。精神被这种要求唤醒后，一味探索寻求，而找到的只是矛盾和歪理。我不明白的东西，就是没有道理的，于是世界充满了非理性的东西；我不明白世界的单一含义，于是世界只是个非理性的巨物；一旦能说："这很清楚"，于是一切就得救了。但，这些智者竞相宣告，什么也不清楚，一切都是乱糟糟的，于是他们接着宣告，世人只对包围他们的藩篱保持着明智和确切的认识。

所有这些经验配合和谐，相互交替。精神走到边界，必须作出判断，选择结论。那里便是自杀和找到答案的地方。但我把探求的顺序倒过来，从智力历险出发，再回到日常举止。以上提及的体验产生于须臾不该离开的荒漠。至少应该知道体验到达何处。人奋斗到这个地步，来到非理性面前，内心不由得产生对幸福和理性的渴望。荒诞产生于人类呼唤和世界无理性沉默之间的对峙。这一点不应当忘记，而应当抓住不放，因为人生的各种结果都可能由此产生。非理性，人的怀旧以及因这两者对峙而凸显的荒诞，就是悲剧三人物，而此剧必须与一切逻辑同归于尽，之后，逻辑存在才有可能。

哲学的自杀

荒诞感未因上章所述而成为荒诞概念。荒诞感奠定了荒诞概念的基础,仅此而已。前者并未归纳在后者之中,只作瞬息停留,便对世界作出自己的判断,而后继续向前,越走越远。荒诞感是活泼鲜亮的,就是说,要么活该死亡,要么名扬四海。就这样我们汇集了上述的一些主题。但再说一遍,我感兴趣的,不是什么著作或什么智者,因为批评他们及其著作需要另一种形式和另一个范畴,而是发现他们的结论所具有的共同点。他们的思想也许从来没有这样分歧过。然而他们备受震荡的精神风貌,我们却承认是相同的。同样,他们尽管各自经历了如此不相像的学科,但在结束历程时的呐喊却以相同的方式回响。我们明显感到刚才提到的智者们具有一种共同的精神氛围。硬说这种氛围是玩命的,那差不多就是玩弄字眼。生活在这种令人窒息的天空下,迫使人要么出走,要么留下。问题是要知道,在第一种情况下如何出走,在第二种情况下为何留下。我就这样来界定自杀的问题以及可能对存在哲学的结论所给予的关注。

我想事先偏离一下正道。到目前为止,我们做到了从外部划出荒诞的范围。但我们可以考量这个概念所包含清晰的东西，可以试图通过直接分析法，一则认出这个概念的含义，再则发现这个概念所带来的后果。

假如我指控一个无辜者犯下滔天大罪，假如我向一位谦谦君子断言他对自己的亲姐妹怀有非分之想，他将反驳我说这是荒诞的。这种愤慨有其滑稽的一面，但也有深刻的道理。谦谦君子以这种反驳表明，我强加于他的行为与他毕生遵循的原则之间存在着明显的二律背反。"这是荒诞的"，意味着"这是不可能的"，也意味着"这是矛盾的"。假如我看见一位持白刃武器的人攻击一个持机关枪的人，我将断定他的行为是荒诞的。说他的行为荒诞，是根据他的动机和等待着他的现实之间的不成比例来断定的，是根据我看出他的实际力量和他企图达到的目标之间的矛盾来断定的。同样，通过荒诞进行论证来作对比，即用这种推理的后果与要建立的逻辑现实来作比较。总而言之，从最简单的到最复杂的，荒诞性越来越强，因为我作各项比较的差距越来越大啦。世间存在着荒诞的婚姻、荒诞的挑战、荒诞的怨恨、荒诞的沉默、荒诞的战争和荒诞的和平。其中任何一种荒诞性都产生于比较。所以我有理由说，对荒诞性的感觉并非产生于对一个事实或一个印象简单的考察，而凸显于某事实的状态和某现实之间的比较，凸显于一个行动和超越此行动的环境之间的比较。荒诞本质上是一种分离，不属于相比因素的任何一方，而产生于相比因素的对峙。

从智力上看问题，我可以说荒诞不在于人（如果这样的隐喻有意义的话），也不在于世界，而在于两者的共同存在。眼下，荒诞是统合两者的唯一联系。假如我想停留在显而易见的道理上，我知道人需要什么，我知道世界给他奉献什么，而现在可以说我还知道是什么统合了他们。我无需更深挖掘了。探索者只需坚信就足够了。问题仅仅在于把一切后果弄个水落石出。

直接后果同时也是一种方法准则。奇特的三位一体，[①]一旦用这种方法加以阐明，便完全失去突然发现新大陆的那分新奇了。但具有与经验的数据相通的东西，既非常简单又非常复杂。这方面的第一个特征就是不可分割性。破坏其中一项，便破坏其整体。人类精神之外，不可能有荒诞。因此，荒诞如同万物必以死亡告终。但在这个世界之外，也不可能有荒诞。有鉴于这一基本准则，我断定荒诞的概念是本质的，这在我的真情实况中可列为第一位。上述方法的准则在这里露头了。假如我断定一件事情是真实的，我就应当加以维护；假如我介入解决一个问题，至少不应该用解决问题本身去回避问题的某一项。对我而言，唯一的已知数是荒诞。问题在于如何摆脱荒诞，在于是否从这种荒诞中推论出应当自杀。第一个条件，其实是我研究的唯一条件，就是维护压得我喘不过气的东西，就

---

① 指基督教圣父、圣子和圣灵合成的神。

是必然尊重我断定其自身具有的那种本质的东西。我刚才是将其当做一种对峙和一种不息的斗争来下定义的。

把这种荒诞逻辑推至极限时，我应当承认，这种斗争意味着彻底缺乏希望（跟绝望毫不相干），意味着不断的拒绝（不应与弃绝相混淆）以及意识到的不满足（不要联想到青春不安）。一切破坏、回避或缩小这些要求的（首先是赞同取消分离），都有损于荒诞并贬低了由此可能提建议的态度。只有在不赞同荒诞的条件下，荒诞才有意义。

现有一种显而易见的事实，似乎完全是精神上的，那就是一个人始终是自己真情实况的受难者。这些真情实况一旦被承认，他就难以摆脱了。付出点儿代价在所难免。人一旦意识到荒诞，就永远与荒诞绑在一起了。一个人没有希望，并意识到没有希望，就不再属于未来了。这是天意。但世人竭力逃脱自己创造的世界，也是天意呀。在此之前的一切，恰恰只在考量这种悖论时才有意义。世人从批判唯理主义出发去承认荒诞氛围，从而推广他们所得的结果，在这方面着手研究他们的推广方式，是最有教益的了。

然而，我若坚守存在哲学，显而易见，一切存在哲学无一不劝我逃遁。存在哲学家们通过奇特的推理，在理性的残垣断壁上从荒诞出发，在对人封闭和限制的天地里，把压迫他们的东西神圣化,在剥夺他们的东西中找出希望的依据。凡有宗教本质的人都抱有这种强制的希望。这是值得一谈的。

不妨分析一下谢斯托夫和克尔恺郭尔特别重视的几个主题,以资印证。但先提一下雅斯贝尔斯给我们提供的例证,他把这类例证推至漫画化。剩下的就比较清楚了。雅斯贝尔斯无力实现超验性,无法探测经验的深度,却意识到世界被失败震撼了,这就不去管他了。他会进步吗?或至少从失败得出结论?他没有带来任何新的东西。他在经验中什么也没发现,只承认自己无能为力,连个借口都没找着,推论不出令人满意的原则。但这个原则未经证明就由他脱口而出了,他一口气同时认定超验性、经验的存在以及生命的超人意义。他写道:"难道不是失败超越了一切解释和一切可能的说明,显示了不是虚无而是超验性的存在?"①这种存在,突然之间通过人类信念的某个盲目行动,对一切作了解释,并下了定义,称之为"一般与特殊难以设想的统一"。这样,荒诞就变成了神明(指该词最广泛的意义而言),这种理解上的无奈也就变成了照亮万物的存在。逻辑上没有任何东西引得出这种推理。权称跳跃吧。有悖常理的是,雅斯贝尔斯执著地、无比耐心地使超验性的经验无法实现。因为似是而非越不可捉摸,定义就显得越徒劳无

---

① 这是雅娜·海尔什归纳雅斯贝尔斯《存在哲学》中的一个想法,参见她的《哲学幻想》,第179页。

益，他就越觉得超验性是真实的：他的解释能力和世界及其非理性的经验之间存在距离，而他致力于肯定超验性的激情恰恰跟这一距离成正比。这样看来，雅斯贝尔斯千方百计打破理性的偏见，是因为他要把世界解释得更彻底。这个委曲求全的思想圣徒，在极端受辱中，去找能使最彻底的存在得以再生的东西。

神秘思想使我们熟知上述过程。这些过程可与任何精神形态都合情合理。但我此刻的做法，好像要认真对待某个问题。我不去预断这种形态的一般价值及其教益的能量，只想权衡这种形态是否符合我给自己提出的条件，是否与我感兴趣的冲突相称。为此，我要重提谢斯托夫。一位评论家援引他的一句话，值得注意："唯一真正的出路恰恰处在人类判断没有出路的地方。否则我们需要上帝干吗？我们转向上帝只是为了得到不可能得到的东西。至于可以得到的，世人足以对付得了。"[①] 如果说有什么谢斯托夫的哲学，我可以说他的哲学完全由这句话概括了。谢斯托夫作了充满激情的分析之后，发现了一切存在的基本荒诞性，他不说"这就是荒诞"，而说"这就是上帝：还是拜托上帝为上策，即使上帝不适合我们任何一种理性范畴"。为了不至于发生混淆，这位俄国哲学家甚至

---

① 参见谢斯托夫《钥匙的权力》，但引文最后的两句原文是："只是当人要得到不可能得到的东西时才转向上帝。而为了得到可能得到的，世人求助于同类。"

暗示上帝也许是记恨的、可憎的、不可理喻的、矛盾百出的，但只要上帝的面目是最可怕的，就可确定其强大。上帝的伟大，在于叫人摸不着头脑；上帝的证据，在于不通人情世故。哲学家必须自身跃进，并通过这个飞跃来摆脱理性幻想。因此，谢斯托夫认为，接受荒诞的同时，就是荒诞本身的体现。证实荒诞等于接受荒诞。谢斯托夫的思想逻辑致力于把荒诞暴露在光天化日之下，以便一箭双雕，使荒诞带来的巨大希望涌现出来。这种形态再次证明是合理的。但我在此固执地只考量一个问题及其一切后果。我不必审视一种思想或一个信德的行为如何楚楚动人，本人有的是时间去研究。我知道理性主义者对谢斯托夫的态度十分恼火。但我觉得谢斯托夫反理性主义很有道理，因此我只想知道他是否始终忠于荒诞之戒律。

然而，假如我们承认荒诞是希望的对立面，我们便发现存在思想对谢斯托夫而言，是以荒诞为前提的，但论证荒诞只不过为了消除荒诞。这种思想微妙恰如杂耍儿的一种动人把戏。此外，当谢斯托夫把他的荒诞和流行的道德及理性对立起来，他就把他的荒诞称为真理和救世。所以从荒诞的根基和定义上看，谢斯托夫是赞成荒诞的。假如承认上述概念的全部能量存在于冲击我们最基本的希望方式中，假如感到荒诞为了生存而要求我们不必赞同，那显而易见荒诞失去其真面目，失去其相对的人性，从而进入既不可理喻却又令人满意的永恒。若有荒诞，必在人间。荒诞概念一旦变成永恒的跳板，便不再与人的清晰感知相连。那么荒诞不再是世人所证实却不赞同的明显事实了。斗争被回避了。人融入荒诞，并在融为一体中消除自身的本质特性，即对立性、破坏性和分裂性。这种跳跃是一种逃避。谢斯托夫非常乐意援引哈姆雷特的话：The time is out of joint（时间脱节了），他是怀着诚惶诚恐的希望引用的，这个说法可视为出自他的手笔。其实哈姆雷特说的并非这层意义，也非莎士比亚笔下的原意。陶醉于非理性和痴迷于使命感，使荒诞背离了洞若观火的精神。谢斯托夫认为，理性是徒劳无益的，而理性之外则有点儿东西。一般荒诞说认为，虽然理性徒劳无益，但理性之外却什么也没有了。

这一跳跃至少能让我们对荒诞的真正本质看得更清楚一点。我们知道荒诞只在平衡中才有价值，首先只在比较而并非在比较的各个阶段才有价值。而谢斯托夫恰恰把荒诞的全部重量压在某一阶段，从而破坏了平衡。我们对理解的渴求、对绝对的怀念都恰恰只有在能够理解和解释许多事情的条件下才可以说清楚。绝对否定理性是徒劳无益的。理性有自己的范畴，在自己的范畴里是有效的。这正是人类经验的范畴。所以我们想要把一切都搞个水落石出。反之，我们之所以不能把什么都搞清楚，荒诞之所以应运而生，恰恰因为碰上了有效而有限的理性，碰上了不断再生的非理性。然而，当谢斯托夫迁怒于黑格尔这类命题时，指出："太阳系是按照一成不变的规律来运行的,这些规律就是太阳系的依据"①;当谢斯托夫竭尽激情解体斯宾诺莎的唯理主义,他的结论正好落在一切理性的空虚处。由此,通过一种自然的、不合理的反向,他的结论终于达到非理性的最佳处。这里特别涉及例外概念,并且是反亚里士多德的。但过渡不明显,因为限度的概念和范围的概念可以介入此处。自然规律在某个限度内是有效应的,超过限度就反误自身,造成荒诞。抑或,自然规律可以在描写范围合理化,而不必在解释范围真实化②。此处一切都为非理性牺牲了,由于对明晰的要求被掩盖了,荒诞就随着与之比较的某个阶段消失了。相反,荒诞人并没有失之水准,既承认斗争,又绝对不藐视理性,也接受非理性。这样,他审视了经验的全部已知数,在弄清楚以前是不大会跳跃的。荒诞人只知道,在谨小慎微的意识中,不会再有什么希望了。

在列奥·谢斯托夫的著作中明显可见的,也许在克尔恺郭尔的著作中更为明显。诚然,在一位如此不得要领的作者那里,很难归纳明确的命题。然而,尽管看上去是些针锋相对的作品,但越过化名、花招和微笑,贯通整个作品却使人觉得是对某种真理的预感(同时也是恐惧),这个真理终于在最后的著作中显露出来:克尔恺郭尔也跳跃了。他幼年那么畏惧基督

---

① 参见谢斯托夫《钥匙的权力》。
② 尼采语,参见《权力意志》。

教，晚年终于又回来面对基督教最严峻的面孔。对他亦然，二律背反和有悖常情成为信教者的准则。一直使他对人生意义及深刻性产生绝望的东西，现在却给他指明人生的真谛，给他擦亮了眼睛。基督教是会引起丑闻的，克尔恺郭尔直言不讳，他所要求的，正是依纳爵·罗耀拉①所要求的第三种牺牲品，即上帝最乐意享受的牺牲品："智力牺牲品"。这种"跳跃"效果很古怪，但不该再让我们吃惊。克尔恺郭尔把荒诞转变成另一个世界的标准，而荒诞只不过是人间经验的残留物。他说："信仰者在失败中取得了胜利。"可以设想，此处我忽略了信仰这个基本问题。但我并非研究克尔恺郭尔或谢斯托夫的哲学，抑或下面要谈及的胡塞尔哲学（必须另找地方和另选精神形态），我只向他们借个主题，并研究其后果是否可能符合已经确定的规则。权当在下一意孤行吧。

我不必寻思这种形态与哪种感人肺腑的预言有关。我只需思考荒诞的景象与荒诞固有的特性是否让这种形态站得住脚。在这点上，我知道并非如此。重温一下荒诞所含的内容，就更好理解使克尔恺郭尔得到启迪的方法了。在世界的非理性和荒诞的叛逆情怀之间，克尔恺郭尔保持不了平衡。确切地说，对产生荒诞感所需的因果关系，他是不在乎的。既然确信逃脱不了非理性，他至少想摆脱绝望的怀念，因为他觉得绝望的怀念

---

① 依纳爵·罗耀拉（1491?—1556），天主教耶稣会创始人。

是没有结果的，是没有意义的。但，如果说下判断时他在这个问题上是对的，那么作出否定时他就不一定是对的了。假如他以狂热的参与来代替他反叛的呐喊，那他就被引向无视荒诞，而正是荒诞至今一直使他心明眼亮，进而他被引向神化非理性，即他此后唯一的坚信。加里亚尼神甫曾对德·埃皮纳夫人①说过，重要的不是治愈，而是带着病痛活下去。克尔恺郭尔则想治愈。治愈，是他狂热的愿望，这愿望贯穿他的全部日记。他的努力尤其使他失望，因为每当闪电间瞥见自己的努力付之东流，譬如他谈起自己时，好像对上帝的畏惧和虔诚都不能使他安宁。就这样，他通过一种饱受折腾的借口，使非理性有了面目，把不公正的、前后不一的、不可理解的荒诞所具备的特性赋予了自己的上帝。在他身上，唯有智力千方百计地压制人心深处的要求。既然什么都未得到证明，那一切皆可得以证明了。

正是克尔恺郭尔本人向我们透露所走过的道路。这里我不想作任何猜测，但在他的著作中，难道看不出灵魂近乎自愿地为荒诞而接受残伤的斑斑痕迹吗？这是《日记》的主旋律："我所缺乏的是兽性，因为兽性也是人类命运的组成部分……总得给我个兽体呀。"下文还写道："哦！尤其在少年时期，我是多么想望成为男子汉哪，哪怕六个月也好……我所缺少

---

① 加里亚尼神甫(1728—1787)，意大利外交家、经济学家和作家。德·埃皮纳夫人(1726—1783)，法国贵夫人、文学家。此话引自 1777 年 2 月 8 日神甫给她的信。

的,其实是个躯体,是存在的体貌状况。"在别处,同样的男子汉把希望的呐喊变成自己的呐喊,那希望的呐喊贯穿了多少世纪,激励过多少人心,但就是没有打动过荒诞人的心。"但基督教徒认为,死亡丝毫不是一切的终结,死亡意味着无穷无尽的希望,对我们来说,是生活所包含的希望无法比拟的,甚至比充满健康和力量的生活所包含的希望还要多得多。"①通过丢脸的事来调和,依旧是调和嘛。调和也许使人看到从其反面,即死亡,汲取希望。但,即使同情心使人倾向这种态度,也应当指出超限度是证明不了什么的。有人便说,超越人类的尺度,因此必然是超人的。但"因此"这个词多余了。此处并没有逻辑的确实性。也没有实验的可能性。我最多能说,这确实超越了我的尺度。要是我不由此得出一种否定,至少我决不会在不可理解的东西上立论。我很想知道是否可以随我所知而生活,而且仅仅凭我所知。有人对我说,智力应当在此牺牲自傲,理性应当在此低头。但我即使承认理性的限度,也不会因此而否定理性,因为我承认理性相对的威力。我只要求自己处在中间的路上,在这里智力可以保持清晰。要说这就是智力的自傲,那我看不出有充足的理由将其摒弃。举个例子,克尔恺郭尔认为绝望不是一个事实,而是一种状态:罪孽本身。他的

---

① 以上几段引言均出自克尔恺郭尔的《日记》,法文版,伽利玛出版社出版。

看法再深刻不过了。因为罪孽意味着远离上帝。荒诞，是悟者的形而上状态，不是通向上帝的①。也许这个概念会明朗起来，假如我斗胆冒天下之大不韪说出：荒诞是与上帝不搭界的罪孽。

荒诞的这种状态，重要的是要生活在其中。我知道它建立在什么基础上，这种精神和这种世态彼此支撑却不能融合。我请教这种状态的生活准则，得到的忠告则是忽视其基础，否定痛苦的某个对立项，干脆迫使我放弃了事。我想知道承认作为自身状况的条件所引起的后果，我得知这意味着黑暗和无知，却有人硬让我确认无知意味深长，黑暗就是我的光明。但他们没有回应我的意图，这种鼓舞人心的抒情，对我掩盖不了反常现象。所以必须改弦易辙。克尔恺郭尔可以大喊大叫，警世喻言："假如世人没有永恒的意识，假如在一切事物的内部，只有一种野蛮和沸腾的力量，在莫名其妙的情欲旋涡中产生万事万物，伟大的和渺小的，假如永远填不满的无底洞隐藏在事物的背后，那么人生不是绝望又会是什么呢？"他的呐喊阻挡不住荒诞人。追求真的东西并不是追求适当的东西。假如为了逃避"什么是人生？"这个难题，那就应当像驴子那样充满美丽的幻想，这样荒诞人便不会迁就谎言，更乐意心平气和地接受克尔恺郭尔的答案："绝望。"总而言之，一个坚定不移的灵

---

① 我没有说"排斥上帝"，这仍然是肯定。

魂总有办法应对万变的。

这里，我斗胆把哲学的自杀称之为存在形态。但这并不意味着一种判断，不过是图个方便，为指出一种思想活动，即思想否定自身，并倾向于在引起否定自身的东西中超越自身。对存在学者而言，否定是他们的上帝。确切地讲，上帝只靠否定人类理性才得以支撑。再明确一次，这不是对肯定上帝提出质疑，而是逻辑使然。有如各种自杀，诸神也随着世人而变化。跳跃的方式虽有好多种，但关键在跳跃。对种种救世的否定，对否定人们尚未跳跃的障碍的种种最终矛盾，既可能产生于某种宗教的启示（这是推理所针对的悖论），同样也可能产生于理性的范畴。这些否定和矛盾由于一贯追求永恒，才在此关节上跳跃了。

还应当指出，这篇散论所遵循的推理，完全撇开我们开明的时代最流行的精神形态，这种形态所依据的原则是一切皆理性，旨在解释世界。对世界自然要有个明晰的看法，既然大家都承认世界应当是明晰的，这甚至是合情合理的，但不涉及我们这里所进行的推理。我们推理的目的确实在于揭示思想的方法。当我们的推理从论世界无意义的哲学出发，最后却发现世界具有某种意义和深度。这些方法最为悲怆的是宗教的本质，在非理性的主题中得到了阐明。但最为反常、最耐人寻味的则是这样的方法,即把自己种种理直气壮的理由,给予首先想像没有主导原则的世界。不管怎样,倘若没有对怀旧思想的新体会说出个道道儿来,恐怕难以达到使我们感兴趣的结果。

我只不过研究"意向",这个主题让胡塞尔和现象学家们炒得很时髦。上文已经提到了。最初,胡塞尔的方法是否定理性的传统方法。思想,不是统合,不是把以大原则面目出现的表象弄得亲切感人。思想,是重新学习观察、重新学习引导自己的意识,重新学习把每个形象变成一个得天独厚的意境。换句话说,现象学摒弃解释世界,只愿成为切身体验的描述。现象学与荒诞思想休戚相关,最初都认定没有什么真理,只有一些道理而已。从晚风到搭在我肩上的手,事事都有自身的道理。这就是意识,通过意识给予道理的关注,使道理明晰可辨。意识并不构成认识自身的对象,只确定不息,是关怀备至的行为,借用柏格森式的形象,就像投影机,一下子就把自己确定在一个形象上[①]。不同之处,在于没有脚本,却有既连续又不连贯的画面。在这盏神灯中,所有的形象都是得天独厚的。意识使其关注的对象在经验中处于悬念状态,把关注的对象奇迹般地一一孤立开来。从此,这些对象便处于一切判断之外。正是这种"意向"确定了意识的特征。但词语并不意味着任何终结性概念,而在自身的"方向"上被使用其含义,因此

---

① 参见柏格森《物质与记忆》第一章。

词语只有形貌的价值。

乍一看，似乎没有什么东西与荒诞精神唱反调。思想所披的外表谦虚，只限于描写思想所摒弃解释的事情；这种志愿的纪律一开始就促使经验极大地丰富起来，尽管不合常理，促使世界在其叽叽喳喳中复兴，这些都是荒诞的行为方式，至少初看是如此。因为思想方法在此情况和彼情况下，始终具备两副面孔：一副心理的，另一副形而上的。① 假如意向性的主题只想阐明一种心理状态，而现实不是被这种状态解释，而是被耗尽，那确实没有任何东西可以把现实与荒诞思想分离。该主题旨在列出其不可超验的东西，只肯定在没有任何统合的原则下，思想还能在描述和理解经验的每副面孔时找到快乐。于是对经验的每副面孔而言，这里涉及的道理是属心理范畴的。这道理只是表示现实可能呈现的"利害"。唤醒一个沉睡的世界，并使其精神上生气勃勃，这不失为一种方式。假如有人想扩展和合理建立这个道理的观念，假如有人硬想这样来发现每个认识对象的"本质"，那就给经验恢复了深度。对一个有荒诞精神的人来说，这是不可理解的。然而在意向形态中，由谦虚向自信的摆动是明显的，从而现象学思想的闪烁将比任何东西都更好地阐明荒诞

---

① 甚至最严格的认识论都以形而上为前提，以至于当代大部分思想家的形而上学都只有一种认识论。

推理。

胡塞尔讲的意向所揭示的"超时间本质",好像是柏拉图的传声筒,说什么不是用一件事情解释所有的事情,而是用所有的事情解释所有的事情,我看不出有什么不同。诚然,这些理念或本质是意识每次描述之后所"确立"的,还不想让它们成为十全十美的模式罢了。但肯定它们直接出现在知性的一切数据中①。再也没有解释一切的唯一理念了,但有一种无限的本质给予无限的对象某种意义。世界静止了,但明晰了。柏拉图的现实主义变成直觉的了,但依然是现实主义。克尔恺郭尔坠入了自己的上帝的深渊,巴门尼德②则把思想推入单一之中。但这样一来,思想便投入一种抽象的多神论中去了。更有甚者,幻觉和虚构也就成为"超时间本质"的一部分了。在理念的新世界中,半人半马怪物③族群与更谦逊的主教族群合伙了。

荒诞人认为,世界万般面目个个得天独厚,在这种纯心理舆论中,既有道理也有苦涩。一切皆得天独厚就等于说一切均相等相同。但这个道理的形上面目把荒诞人引得很远,使他不禁觉得也许更接近柏拉图。果不其然,人们教导他说,一切形

---

① 居尔维奇的原话应该是:"它们直接出现在现实世界中,并一般地出现在知性和想像的一切数据中。"参见《德国哲学的当前倾向》。
② 巴门尼德认为"有"或"存在"是单一的、有限的、不变的和不可分割的,"存在"和思维是同一的。
③ 希腊神话中的一种怪物,有些与神和人为敌,有些则与神和人为友。

象都以相同的得天独厚的本质为前提。在这个没有等级的理想世界上，正规军只由将领组成。超验性恐怕是被取消了。但思想的一个急转弯却把某种支离破碎的内在性再度引入世界，于是这种内在性恢复了自己在天地间的深度。

我，这个主题的创造者，在比较谨慎地处理了主题之后，该不该担心把主题扯得太远了？不妨读一下胡塞尔下面的断语："真的东西自身是绝对真的；真理是单一的；与其本身相一致，不管感知者是何方生灵：世人，魔鬼，天使或诸神。"①这段话看似悖论，却叫人感到逻辑严密。大写的理性旗开得胜，并以这种见识大肆鼓吹，我无法否认。但胡塞尔的断语在荒诞世界有何意义？天使或神祇的感知对我没有意义。神明的理性核准我的理性，对这种轨迹，我始终莫名其妙。为此，我又识破了一次跳跃，因为这种跳跃要在抽象中进行，对我的意义不亚于遗忘，即要我忘记恰恰不肯忘记的东西。胡塞尔在同书下文中惊呼："假如受地心引力牵制的全球大众消失了，引力定律并不因此被推翻，只不过无法被应用了。"②我这才明白自己面对的是一种慰藉玄想。假如我想发现思想在哪个道岔上离开了不言自明的道理，我只需要重读胡塞尔谈及精神

---

① 参见胡塞尔：《逻辑研究》第一卷，第100页，转引自谢斯托夫：《钥匙的权力》，第329页。
② 参见胡塞尔：《逻辑研究》第一卷，第199页，转引自谢斯托夫：《钥匙的权力》，第329页。

时与上述那段话相平行的推论:"假如我们能够清晰地静观精神程序的确切规律,恐怕看得出这些规律同样是永恒不变的,如同理论自然科学的规律。因此,假如没有任何精神程序,这些规律依然有效。"①即使精神不存在,而精神规律依然存在。于是我恍然大悟,胡塞尔硬想把心理真实变成理性准则:他在否定了人类理性的容纳能力之后,通过旁门左道跃入永恒的大写理性。

于是,我对"具体天地"②这一胡塞尔的主题不可能感到吃惊了。所有的本质不都是形式的,其中有物质的,前者是逻辑的对象,后者是科学的对象,对我而言,这只不过是个定义的问题。有人向我断言,抽象仅指某个具体天地的一个部分,而这个部分本身则是不稳定的。但上文揭示的摆动使我能够澄清这些术语的含糊。因为可以说我注意的对象,比如天空,比如水在大衣下摆的反光,把我凭兴趣从世上分离出来的现实精华只留给了自己。对此,我不会否定的。但也可以说,这件大衣本身是普遍的,有其特殊而充足的本质,属于形式世界。于是我明白了,人们只不过改变了程序的先后。这个世界在上天那里不再有自己的映象了,但形式的天空却出现在地球上的形象族群之中了。对我而言,这没有任何变化。我此处发现的,

---

① 转引自谢斯托夫:《钥匙的权力》,第392页。
② 参见居尔维奇:《德国哲学的当前倾向》,第25、28页。

既非对具体的爱好,亦非人类状况的意义,而是一种信马由缰的智力主义,足以把具体本身也一概而论了。

通过低三下四的理性和趾高气扬的理性这两条相反的途径,把思想引向各自的否定,对这种表面的反常现象大可不必感到惊讶。从胡塞尔的抽象上帝到克尔恺郭尔的闪光上帝,两者的距离并不大嘛。理性和非理性导致相同的说教。实际上道路无关紧要,有到达的意志足以解决一切。抽象哲学和宗教哲学从相同的惶恐出发,又在相同的焦虑中相互支持。但关键在于作出解释。这里,怀旧比科学更强烈。意味深长的是,当代思想既受到主张世界无意义的哲学最深刻的渗透,又对该哲学的结论深感切肤之痛。它不断在现实极端理性化和极端非理性化之间摇摆,现实理性化导致现实分裂成理性典型,而现实非理性化则把现实神化。但这种分离仅仅是表面文章。问题在于握手言和,好在两种情况无论哪一种,跳跃一下就和解了。人们总是错误地认为理性的概念是单向的。这种说法不管在据理力争时多么严密,其实并不因此而不比别的说法更为灵活。理性带有人情味十足的面目,但也善于转向神明。普洛丁①第一

---

① 普洛丁(205—270),埃及出生的罗马哲学家,新柏拉图哲学体系的创建人,利用柏拉图的形而上神话(尤其是爱的辩证法),通过沉思和狂喜来建立一种达到天人合一的神秘宗教。加缪的大学毕业论文《基督教形而上学和新柏拉图主义》,第三章《神秘理性》专论普洛丁,因为谢斯托夫经常在《钥匙的权力》中援引普洛丁的话。

个善于把理性与永恒的氛围协调一致。从此，理性便学会偏离其最珍贵的原则，即矛盾，以便融入最离奇也最神奇的参与原则。那个时代，理性不得不适应，否则就死亡。理性终于适应了。随着普洛丁的出现，理性从逻辑性的变成美学性的。隐喻取代了三段论。况且这不是普洛丁对现象学唯一的贡献。整个这种形态已经包含在亚历山大学派思想家非常珍视的观念中了，以至不仅有一种世人的理念，而且产生了一种苏格拉底的理念。总之，理性是思想的工具，而不是思想本身。一个人的思想首先是他的怀念。

理性曾平息过普洛丁式的悲怆，同样也把手段给予现代焦虑，以使后者在永恒的亲切背景下得以平静。荒诞精神就没有那么走运了。世界对它，既不那么理性，也不那么非理性。荒诞精神是不可理喻的，仅此而已。理性在胡塞尔那里最终失去了界限。相反，荒诞可确定其界限，因为无力平息其焦虑。克尔恺郭尔则从另一方面认定，只要有一个界限就足以把理性否掉。但荒诞没有走得那么远。对荒诞而言，界限仅针对理性野心勃勃的扩张。非理性主题，恰如存在哲学家们所设计的那样，就是自乱阵脚的理性，就是自我否定的同时自我解脱的理性。荒诞，则是确认自身界限的清醒理性。

正是在这条艰难道路的尽头，荒诞人认出自己真正的理性依据，把自己苛刻的要求和别人向他建议的东西作了比较，突然感到要改弦易辙了。在胡塞尔的天地里，世界变得清晰明确了，而世人对亲热孜孜以求的渴望变得毫无用处了。克尔恺郭尔在世界末日论中不得不放弃对明晰的渴望，如果这种渴望想要得到满足。知情（在这份账上，大家都是无辜的）和渴望知情，其罪孽不是那么同等的。恰恰这是唯一的罪孽，荒诞人能够感觉得出来，既可将其变成自己的罪过，也可将其变成自己的无辜。有人向荒诞人建议这样一种结局：以往所有的矛盾只不过算作论战游戏。但荒诞人的感觉并非如此。必须保留以往一切矛盾的真实性，即得不到满足的真实性。荒诞人坚决不要说教。

  我的推理决然忠实于不言自明的道理。这种使荒诞人觉醒的道理，就是荒诞，就是抱有希望的精神和使人失望的世界之间的分离，就是我对统合的怀念，就是分散的天地，就是把上述一切联结起来的矛盾。克尔恺郭尔消除了我的怀念，胡塞尔聚合了分散的天地。这不是我所等待的。问题在于体验和思考这些切肤之痛，在于知道应当接受还是应当拒绝。问题不可能在于掩盖不言自明的事实，不可能在于否定荒诞方程某一项的同时取消荒诞。必须知道人们是否可能凭荒诞而活着或是否逻辑要求人们因荒诞而死亡。我对哲学性自杀不感兴趣，只对单纯性自杀感兴趣。我只想消除自杀的情感内容，从而认识自杀的逻辑性和诚实性。其余一切态度对荒诞精神而言，意味着精神回避和在精神所揭示的东西面前退却。胡塞尔说要随意摆脱"在某些众所周知、简单方便的生存条件下生活和思想的积习"，但他认为，最后的跳跃为我们恢复了永恒和永久安逸。跳跃并非像克尔恺郭尔所企盼的那样呈现极端的危险。相反,危险存在于跳跃前的微妙时刻。善于在令人眩晕的山脊上站稳①,这就是诚实性,其余皆为托词。我也知道性无能从未引发过如同克尔恺郭尔笔下那种楚楚动人的和谐。但,假如无能为力在历史无动于衷的景色中有自己的位置,那在推理中却是找不到位置的,因为我们现在知道了推理的苛刻性。

---

① 该形象出自胡塞尔《笛卡儿主义的沉思》导言,转引自居尔维奇。

荒诞自由

现在主旨已定。我掌握着几个不言自明的道理,爱不释手。我所知道的,我认为可靠的,我无法否认的,我不能舍弃的,就是重要的。我可以全盘否定通过不确定的怀念而产生的那部分自我,但不包括对统合的愿望,对决策的渴望,对明晰性和一致性的苛求。在这包围我冲撞我或驱使我的世界中,我可以对一切置之不理,但不包括混沌,不包括千载难逢的偶然和产生于混乱的神圣等值。我不知道是否存在超越世界的意义,但知道我并不认识这种意义,目前也不可能认识。在我生存状况之外的意义对我而言意味着什么?我只能通过人间俗语加以理解。我触及的,我遇到抵制的,就是我所理解的。我对绝望和统合的渴求以及世间对理性的、合理的原则的不可制约性,是两件肯定无疑的事情,我无法将两者调和,这也是我所知道的。我还能认知什么其他的真理?除非要怀着不属于我的希望不放吗?这种希望在我生存条件的限制下还有任何意义吗?

假如我是林中之树,兽中之猫,这生命可能有一种意义,或更确切地说,这样提问并没有什么意义,因为我是世界的一部分。我没准儿就是这个世界，所以现在以我全部的意识和全部的放肆苛求来跟世界闹对立。正是如此可笑的理由把我置于一切创造的对立面。我不能将其一笔抹杀。我认为真的东西，我应该加以维护。我觉得十分显而易见的东西，即使对我不利的，也得支持。是什么形成这种冲突的实质，是什么造成世界和我的精神之间的断裂，如果不是我对此所具备的意识又是什么呢？我之所以决意如此，是因为受到意识的支持，一种持续不断的意识，总在更新的意识，总是紧张的意识。这就是我目前应当牢记的。在这种时刻，荒诞，既十分明显可见又十分难以征服，进入一个人的生活，找到了故土。还是在这种时刻，精神可以离开清醒的努力这条既缺乏想像力又枯燥乏味的途径。这条途径现在通向日常生活，找回无名氏的世界，但世人从此带着反抗心和洞察力回到这个世界。他把希望置之脑后了。现实这个地狱，终于成了他的王国。所有的问题重新显露其锋芒。抽象的阐明面对形式和色彩的抒情性退隐了。精神冲突表现出来了，重新找到人心这个贫困而大方的庇护所。任何冲突都没有解决，但所有的冲突都改变了面目。去死亡，去越障逃避，去重建与之相称的思想和形式大厦？还是相反，去支持荒诞这种令人心碎而妙不可言的挑战？让我们为此做出最后的努力和自食所有的后果吧。人体，温情，创造，行为，人类高贵，定将在这疯狂的世界重新取得各自的地位。世人终将找到荒诞的醇酒和冷漠的面包来滋养自身的伟大。

还要强调一下方法，贵在坚持嘛。荒诞人在人生道路的某个阶段是受到怂恿的。历史不乏宗教，不乏先知，甚至不乏神明。世人要求荒诞人跳跃。他所能回答的，只是不太理解，只是事情并非显而易见。他光想做自己心知肚明的事情。人家硬对他说这叫傲慢罪，但他不懂罪孽观，还对他说也许地狱已在尽头，但他没有足够的想像力，无法给自己描绘这种奇特的未来；又对他说，他正在失去不灭的寿命，但他觉得这无关紧要。人家很想让他承认罪过，可他觉得自己是无辜的。说真的，他的无罪感是无法修理的，仅此而已。正是这种清白使他无法无天。因此，他严于律己，**仅仅**凭借他所知道的东西生活，眼见为实，随遇而安，不让任何不可靠的东西掺和。人家回答他，没有任何东西是可靠的。但至少此话是可靠的。于是他与这份可靠性打交道：他渴望知道是否可以义无反顾地生活。

现在我可以谈谈自杀观了。已经感觉得出可能有怎样的解答，以致问题被颠倒了。事先得弄清楚，人生是否应当具有值得度过的意义。此处显示的正相反，生活因没有意义而过得更好。体验经验，经历命运，就是全盘加以接受。然而，假如面对意识所揭示的荒诞而不千方百计加以维持，那么一经知道命运是荒诞的，就不会去经历了。否定荒诞赖以生存的对立面中有一项是逃避荒诞，而取消有意识的造反，就是回避问题。不断革命的主题就这样转移到个体经验中去了。生存,就是使荒诞存活。使荒诞存活,首先是正视荒诞。与欧律狄刻相反①,荒诞只在人们与其疏远时才死亡。这样,唯一前后一致的哲学立场,就是造反。所谓造反,是指人与其自身的阴暗面进行永久的对抗。苛求不可能有透明,每时每刻都要叩问世界。正如危险向人提供抓住造反这一不可替代的机会,同样形而上造反也把意识贯穿于经验的始末。造反就是人自身始终如一的存在,不是憧憬,也不是希望。这种造反只会遇到不可抵抗的命运,又缺乏本应与命运形影相随的逆来顺受。

这里,我们看出荒诞经验与自杀相去多么遥远。我们可能以为自杀紧随反抗。不对了。因为自杀并不象征反抗的逻辑结局,而完完全全是反抗的反面,通过对假设的赞同看得出来。自杀,恰如跳跃,是对自身局限的承受。一切得以善终,于是人返回其本质的历史。人识别其未来,唯一而可怕的未来,并投入其间。自杀以自身的方式解除了荒诞,把荒诞拽住,同归于尽。但我知道,荒诞是要坚持原状,是解除不了的;如果说意识到死亡又拒绝死亡,那就逃脱自杀了。荒诞就是死囚的鞋带,处在死囚临终思想的尽端,因为死囚行将眩晕坠落,对一切视而不见,偏偏瞥见近在咫尺的鞋带,故而自杀者的反面恰

---

① 欧律狄刻被蛇咬伤致死。其丈夫俄耳甫斯美妙的歌声感动了冥王,获准他把妻子带回人间。此处意为:"与欧律狄刻还阳相反。"

好是死囚。

反抗将自身价值给予人生，贯穿人生的始末，恢复人生的伟大。对眼光开阔的人而言，最美的景观莫过于智力与超越人的现实之间的搏斗①。人类傲慢的景观是无与伦比的。任何诋毁都奈何不得。精神严以责己的纪律，全副钢铁锻造的意志，面对面的针锋相对，都具有某种强烈而奇特的东西。现实的非理性造就了人的伟大，把这种现实贫乏化，就是同时把人贫乏化。于是我明白了为什么种种学说向我解释万事万物的同时倒使我衰弱了。这些学说卸掉我固有的生命重负，而这本应该是由我独自承担的。在这个转折点上，我不能设想怀疑主义的形而上会与弃世的道理结盟。

觉悟和造反，这两种违拗是克己出世的反面。人心中一切不可制伏和充满激情的东西都朝着人生的反面激励着人的觉悟和造反。重要的是死得很不服气，而不是死得心甘情愿。自杀是一种忘恩负义。荒诞人只能耗尽一切，包括耗尽自己。荒诞使他极端紧张，而他不断孤军奋战，维持紧张。因为他知道在日复一日的觉悟和造反中，他表现出自己唯一的真相，即挑战。这是首要的后果。

---

① 参见《论神意》，作者塞涅卡(约前65—前4)是古罗马哲学家、戏剧家。他认为上帝喜欢这样的搏斗。

这种经过磋商的立场，在于得出由一种毫无掩饰的概念所引出的种种后果（仅指后果），倘若我坚持这种立场，就面临第二种悖论。为坚持这种方法，我根本不必管形而上的自由问题。对人是否自由，我不感兴趣。我只能体验自身的自由。对于自身的自由，我不可能具有一般的概念，但有几个简要的看法。"自在自由"的问题没有意义。因为它以完全不同的方式与上帝的问题相联系。要知道人是否自由就迫使我们要知道是否有个主子。这个问题的特殊荒诞性产生于概念本身可能提出自由的问题，故而等于把自由问题的意义又全部取消了。因为在上帝面前，自由的问题根本不如邪恶的问题。大家知道两者择一：要么我们不是自由的，这样万能的上帝就对邪恶负责了；要么我们是自由和负责的，这样上帝就不是万能的了。对这个悖论的不可置辩性，一切学派的微妙论证都没有一丝一毫的增加和减少。

因此，一个我抓不住的概念，一旦超出我个人的经验便失去意义，我不能纠缠在对此概念的激扬或简单定义中。我不能理解一个优秀分子赋予我的自由所涵盖的东西。我失去了等级感。我的自由观念只能是囚徒的自由观或国体中现代个体的自由观。我认得的唯一自由，是精神自由和行动自由。然而，若说荒诞打消了我获得永恒自由的一切可能性，反倒还给我行动自由和激励我获取行动自由。剥夺希望和未来意味着增加人的不可约束性。

碰到荒诞之前,平常人的生活带有目的,关心未来或总想辩护(至于为谁或为啥辩护倒不成问题)。平常人估量着自己的运气,指望着来日,指望着退休或儿子们的工作。他仍相信生活中某些东西能有所归宿。真的,他做起事来,就像是自由的,即使所有的事实都会证明他没有自由。碰到荒诞之后,一切都动摇了。"我思故我在"的想法,仿佛一切都有意义的行为方式(即使一有机会我便说一切都没有意义),这一切都被可能死亡的荒诞性推翻了,令我晕头转向。想到未来,确立目标,有所爱好,这一切意味着相信自由,即使有时深信感受不到自由。但在这样的时刻,高层次的自由,即唯一能建立真理的**存在**自由,我深知是不存在的。在此死亡是唯一的现实。死亡之后,木已成舟。我是没有永存自由的,只不过是奴隶,尤其是没有永恒革命希望的奴隶,这样的奴隶不去求助藐视。不革命不藐视,谁能保持当奴隶?没有永恒作保证,什么自由能在充分意义上存在?

但同时,荒诞人懂得,迄今为止,与他紧密相连的自由公式建立在他赖以生存的幻想之上。在某种意义上说,这把他拴住了。如果他为自己的生活想像出一种目的,他就服从必须达到目的之要求,成为自身自由的奴隶。由此,做起事来,只会当仁不让,俨然是个家长,或工程师,或人民的领导,或邮电所的临时雇员。我相信可以选择做什么人而不做什么人。我无意识相信罢了,这倒是真的。但同时坚持我对周围人的信仰公式，对我的人文环境所做的公式：其他人那么确信是自由的，而且这种好情绪那么有感染力！尽管可以远远地躲开成见，道德的或社会的，但总会接受部分成见，对其中较出色的成见（成见有好有坏嘛），甚至让生活去适应。这样，荒诞人就明白实际上是不自由的。明确些说，如果我抱有希望，如果我为自己固有的真相担心，为存在或创造方式担心，总之，如果我支配自己的生活，并证明我承认生活有意义，那我就为自己创造了藩篱，从而把我的生活圈禁起来了。那我就像众多靠精神和心灵吃饭的公务员一般行事了，他们引起我厌恶，我现在看清楚了，他们只是认真对付人的自由，除此之外，一概无所事事。

在这一点上，荒诞启发了我：没有未来嘛。从此这就成为我极大自由的依据。这里我要做两个对比。神秘主义者首先发现要给自己一种自由，从而自由地沉溺于他们的神明，自由地认同神明的戒律，他们自己也不知不觉变得自由起来了。他们是在本能认同的奴隶状态中获得无比的独立性。但这种自由意味着什么？可以特别指出，面对自己，他们**自我感觉**自由，但感到不如被解放那么自由。同样，全盘转向死亡（死亡在此被视为最明显的荒诞），荒诞人便感到如释重负，剩下凝结在他身上那种对死神的偏执关注，把无关的一切都卸掉了。面对普通的规范，他领略到一种自由。这里我们看到存在哲学的开端主题保其全部价值。返回意识，逃离日常沉睡，形象地表现荒诞自由最初的活动。但受到攻击的却是存在**说教**，荒诞自由这种精神跳跃骨子里是逃脱意识。如出一辙（这是我的第二个对比），古代奴隶是不属于自己的。但他们却体验到不必有负责感的自由。这里涉及事实的比较，而非对谦卑的赞赏。荒诞人是随俗之人的对立面。死神也有贵族长老的手段，既镇压，也解放。

沉溺于无尽头的坚信中，从此对自己的生活感到相当陌生，足以像情人似的盲目增岁，走完人生历程，这里包含一种解放的要素。有如一切行动自由，这种新生的独立已告终，不对永恒开支票。但替代对**自由**的幻想，人一旦死亡，这些幻想统统停息。某天拂晓，监狱的门在死囚面前层层打开，死囚表现出神圣的不受约束性，除了生命纯粹的火焰外，对一切都令人难以置信的冷漠。人们感觉得出来，死亡与荒诞，是唯一合乎情理的自由要素：这样的自由，人心可以体验和经历。这是第二种后果。荒诞人于是隐约看见一个灼热而冰冷的、透明而有限的天地，在那里什么也干不了，一切都定得死死的，过了这片天地，便是倾覆和虚无。荒诞这时可以决定同意在这片天地里生活，从中汲取自己的力量，对希望予以摒弃，对无慰藉的生活作固执的见证。

然而，在这样的天地里生活意味着什么？眼下只不过意味着对未来的冷漠和耗尽已知的一切激情。相信生活的意义，一直意味着一种价值等级，一种选择，也意味着我们的种种偏爱。相信荒诞，按我们的定义，则是相反的教益，倒值得一谈。

人是否能义无反顾地生活，是我全部兴趣之所在。我寸步不离这块阵地。这种外加给我的生活面貌，我能将就吗？然而，面对这特殊的担忧，对荒诞的信仰相等于用经验的数量来代替经验的质量。假如我确信这样的生活只有荒诞的面目，假如我体会到生活的全部平衡取决于一种永恒的对立，即我有意识的造反与其在挣扎时有难言之隐之间那种永恒的对立，假如我承认我的自由只在与其有限的命运相关时才有意义，那么我不得不说重要的不是生活得最和睦，而是生活得最充实。我不必操心这是庸俗还是令人厌恶，是风雅还是令人遗憾。这里，价值判断给排除了，一劳永逸地让位于事实判断。我只需从我的所见所闻得出结论，不拿任何假设的东西去冒险。假定这样生活是不正直的，那么是真正的正直迫使我不正直。

生活得最充实，从广义上讲，这条生活准则毫无意义。必须将其明确下来。首先似乎对数量这个概念挖掘得不够。因为数量概念可以使人了解大部分人类经验。一个人的道德，其价值等级，只是通过人经历的经验所积累的数量和种类来看才有意义。然而，现代生活的条件强加给大多数人同样数量的经验，从而也是同样深刻的经验。诚然，也非常应当重视个体的本能性贡献，就是他身上的"已知项"。但我不能对此作出判断，我的准则在这里再次表明是处理直接显而易见的事情。于是我看清，一种共同道德的特性与其说在于推动道德原则的重要理想，不如说更在于可以分门别类的经验标准。说得强词夺理一点儿，希腊人曾有他们娱乐的道德，正如我们现今有八小时工作制的道德。但已经有许多人，包括最具悲剧性的人物让我们预感到，一种更加漫长的经验会改变这张价值表。他们促使我们像冒险家那样想像平常事，单凭经验的数量就打破所有的纪录（我故意使用体育用语），从而赢得自己的道德。数量有时出产质量。按照科学理论最新的定性成果，一切物质都由若干能量中心构成。其或多或少的数量形成或多或少的特殊性。十亿个离子和一个离子的区别，不仅在数量，也在质量。类似之处在人类经验中很容易找到。不过，让我们摆脱浪漫主义吧；当一个人决意接受打赌并严格遵守他所认可的赌规时，那就让我们弄明白上述形态意味着什么。

打破所有的纪录，这首先并且唯独要尽可能经常面对世界。如何做得到不闹矛盾和不搞文字游戏呢？因为，荒诞，一方面指出一切经验都是无足轻重的，另一方面又趋向最大量的经验。那么怎能不跟上述那类众多的人随波逐流呢？如何选择给我们带来尽可能多的人文材料的生活形式呢？从而怎样引入另一类人硬要摒弃的价值等级呢？

但依然是荒诞及其矛盾的生命向我们诉说。因为错误在于认为经验数量取决于我们的生活环境,其实只取决于我们自己。这里,不妨简单地看问题。对于两个寿命相等的人,世界始终提供相同数量的经验。我们必须对此有所意识。感觉到自己的生活,自己的反抗,自己的自由,感觉越多越好,这就是生活,生活得越充实越好。清醒占上风的地方,价值等级就没有用了。不如再简单化一点儿,这么说吧,唯一的障碍,唯一"错过赚钱的机会",是由过早死亡造成的。这里所烘托的天地得以生存,只因与死亡这个恒定的例外相对立。就这样,在荒诞人看来,任何深度、任何动情、任何激情、任何牺牲都不能把四十年有意识的生活和六十年持续的清醒等量齐观,即使他希望如此也不行。对虚无观如此不同的概念作同样的思考,丝毫于现实既不增加也不减少。在虚无的心理经验中,考虑到二十年后将发生的事情,我们自己的虚无才真正有意义。从某个方面来看,虚无完完全全是由未来的生活总和造成的,而未来生活则是不属于我们的了。疯狂和死亡,是荒诞人不可救药的事情。人是不可选择的。他所具备的荒诞和多余的生命是**不以人的意志为转移的**,而取决于其反面,即死亡[①]。讲句据斤播两的话,这仅仅是个运气问题。不同意也得同意。二十年的生活与经验,是永远替代不了的。

像希腊人如此老资格的民族,居然期望早夭的人们受到诸

[①] 这里,意志是代理人,倾向维护意识,提供生活纪律,值得重视。

神的宠爱，未免轻率得离奇了。假如人们愿意承认，进入诸神可笑的世界，等于永远失去最纯洁的快乐，所谓快乐就是感觉，就是感觉在人间，那倒是再现实不过了。今日，今日复今日，向着不断有意识的生灵，这就是荒诞人的理想。但这里，理想一词走板了。理想不是荒诞人的使命，而仅仅是他推理的第三个结果。对荒诞的沉思，从不合人情的焦虑意识出发，在人类造反的激情火焰中漫游之后，又回到旅程的终点。重要的是前后一致。这里，我们从世上的一种共识出发。而东方思想教导说，我们在选择反对世界的同时可以从事相同的逻辑努力。这也是合情合理的，并给本散论指出前景和局限。但同样严格地对世界进行否定时，我们有时得出某些与吠檀多派(古代印度哲学中的一派)相似的结果，比如关于事业的冷漠性。让·格勒尼埃以这种方式在一本题为《抉择》的重要著作中，建立了一种真正的"冷漠哲学"。

综上所述，我从荒诞取得三个结果，即我的反抗、我的自由和我的激情。我仅仅通过意识的游戏，就把对死亡的邀请变为生活的准则——而且我拒绝自杀。想必我认知了在那些日子里成天萦绕的沉重共鸣。但我只有一句话要说，因为共鸣是不可缺少的。尼采写道："显而易见，天上和地上的主要事情就是长期朝一个方向**顺从**：久而久之便产生某些东西，值得为之活在世上，诸如德行，艺术，音乐，舞蹈，理性，精神,某种使旧貌换新颜的东西,某种精美的、疯魔的或神奇的东西。"①他写此话时,表明了大家风度的道德准则。然而,他也指明荒诞人的道路。顺从灼热的激情,这既是最容易的又是最困难的。好在人与困难较量的同时,偶尔也对自己作出评价。惟有这样的人才能做到。

阿兰说:"祈祷,就是黑暗笼罩思想。"②"但精神必须与黑暗相遇",神秘主义者和存在主义哲学家答道。③诚然,那不是合眼时产生的黑暗,不是仅仅由人的意志而产生的黑暗,总之,不是精神为了迷失方向而激起的那种漆黑一团的黑夜。假如精神应当遇到黑夜,那宁可是绝望的黑夜,尽管这种绝望是清醒的;那宁可是极地的黑夜,精神的不眠之夜,从中也许会升起白色而贞洁的亮光,以智力的光辉把每个物件照得轮廓分明。在这个层次上,等值就与满腔热情的理解相会了。届时甚至不必审理存在的跳跃了。精神在古老的人类形态中重新获得自身的地位。对观者来说,假如精神是有意识的,这种跳跃仍不失为荒诞的。精神要是以为清除了这种反常现象,倒将其全然恢复了。以此理由,精神是楚楚可人的;以此名义,一切重归原位,荒诞世界在其光辉和多样中再生了。

---

① 参见尼采:《超脱善恶》,第183页。
② 阿兰(1868—1951),法国哲学家、散文家和文学史家。此话出于《理念与时代》(1927),伽利玛出版社,第一卷,第15页。引语原话为:"祈祷,就是感觉到疲倦来临,黑暗笼罩所有的思想。"
③ 参见谢斯托夫:《死亡的启示》,法文版,第183页。

然而，浅尝辄止是糟糕的；满足于独自一家的看法，自节矛盾，即自节一切精神力量中最灵敏的力量，是很困难的。以上所述仅仅确立一种思想方法。现在，重要的是生活。

荒诞人

假如斯塔夫罗钦信教,他不信他信教。
假如他不信教,他不信他不信教。

——陀思妥耶夫斯基《群魔》①

① 参见《群魔》第二部第六章《有所用心的一夜》，法文版。

歌德说："我的能力范围就是时间。"①这真是荒诞警句。荒诞人究竟是什么？就是不为永恒做任何事情，又不否定永恒的人。他并非对怀念一窍不通，但喜爱自己的勇气和推理胜过怀念。勇气教他学会义无反顾地生活，教他知足常乐，而推理教他认识自己的局限。虽然确信他的自由已到尽头，他的造反没有前途，他的意识可能消亡，但他在自己生命的时间内继续冒险。这就是他的能力范围，就是他的行动，他审视自己的行动，而排除一切评判。对他而言，一种更加伟大的生活不能意味着另一种生活。否则就会不诚实了。这里我甚至不提被人称之为后世的那种可笑永恒。罗兰夫人②寄希望于后世。这种轻率咎由自取。后世倒乐意引用这个词，但忘了加以评判。后世对罗兰夫人漠然视之。

问题不在于论述道德。我见过一些人，他们讲着三从四德，却干坏事；我每天观察到诚实不需要清规戒律。只有一种道德，荒诞人可以认可，就是须臾不离上帝的道德，因为是自律的。而荒诞人恰恰生活于上帝之外。至于其他的道德（我也指背德），荒诞人只发现世人一味为其辩护，他就没有什么好辩护的了。这里，我是从荒诞人无辜这一原则出发的。

这种无辜是可畏的。"一切皆许可！"伊凡·卡拉玛佐夫惊呼。这未免荒诞，但以不可庸俗理解为条件。我不知道大家是否注意到，重要的不是解脱和快乐的呐喊，而是出自苦楚的确认。对上帝赋予生活以意义的确定，在吸引力上，大大超过不受惩罚的恶势力。选择不会很困难。但无从选择，于是苦楚就开始了。荒诞不是解套的，而是束缚的，不是一切行为都是允许的。"一切皆许可"并不意味着任何东西都不维护了。荒诞只不过把行为的等值回归成行为的结果罢了。荒诞并不劝人犯罪，要不然就幼稚了，但把悔恨的无用性恢复了。同样，假如所有的经验都可有可无，那么义务的经验就同其他的经验一样合情合理了。人们就可以任着性子获取德行了。

行为的后果使行为合乎情理或使行为一笔勾销，所有的道德都建立在这一理念上。一个满脑子荒诞的智者，只不过判断行为的结果必须平心静气地得到考量。他随时准备付出代价。换言之，对他而言，即便有可能应该负责任的，也没有应该负罪责的。至多，他同意说，利用过去的经验为其未来的行为打基础。时间养活时间，生活服务生活。他觉得，除清醒明察之

---

① 此语出处不详。但歌德在其《格言与思考》中写道："时间本身也是一种自然现象。"引语很可能是加缪从别处转录的。
② 罗兰夫人(1754—1793)，法国政治家。法国大革命时期吉伦特派主要领导人之一。失败后被捕入狱，1793 年 11 月 8 日被革命法庭处死。

外，什么都是不可预测的。从这种不可理喻的秩序中产生怎样的准则呢？唯一使他觉得有教益的真理却不是形式的，而是活跃和展开在世人中间的。所以，荒诞智者在推理之后可能寻求的不是伦理准则，而是一幅幅寓意图景和世人的生活气息。下文描述的几个形象即属此类。形象人物一边继续荒诞推理，一边表现荒诞智者的形态，并向他奉献热忱。

一个范例不一定是必须遵循的范例（在荒诞世界里若有可能，更非如此），而寓意图像并非因此而成为典范，难道我还需要发挥这一理念吗？除非天职使然，人们原封不动地从卢梭那里吸取必须爬着行进，从尼采那里吸取赞成粗暴地对待母亲，未免显得可笑了吧。一位现代作家写道："成为荒诞是理所当然的，但不应受骗上当。"[①]下文涉及的形态，只有考量其反面时才具有全部的意义。一名邮局临时工和一个征服者若有共同的意识，那他们就是平等的。在这方面，所有的经验都可有可无了。有的经验帮助人，有的经验则帮倒忙。人要是觉悟了，经验就帮得上忙。否则，无关紧要：一个人的失败不能怪环境，要怪他自己。

我只选择一味消耗自己的人物或我意识到他们耗尽自己。但到此打住。眼前，我只想谈论一个世界，那里思想和生活被

---

① 参见拉歇尔·贝斯帕洛夫：《途径与十字路口》，1938年，法文版，第33页。

剥夺了前途。促使世人工作和活动的一切都在利用希望。因此,唯一不说谎的思想是一种不结果实的思想。在荒诞世界里,观念的价值或生命的价值是根据不结果实的程度来衡量的。

唐璜主义[①]

若说只要爱就行了，事情未免太简单了。爱得越深，荒诞就越牢固。唐璜搞女人一个接一个，并非缺乏爱情。但要把他当作受到上天启示而追求完美爱情的人来表现便可笑了。正因为他以同等的冲动去爱一个个女人，并且每次都用全身去爱，他才需要重复这种天赋和深化这种性爱。由此，每个女人都希望给他带来其他女人从未给过他的东西。但每一次她们都错了，大错特错了，只能使他感到重复搞女人的必要。其中一个女人不禁喊道："毕竟我给了你爱情啊！"他答道："毕竟？不，又多了一次罢了。"人们难道会对唐璜的嘲笑感到意外吗？为什么必须爱得少而又少才爱得深呢？

唐璜忧伤吗？不见得。我几乎不必查考编年史。唐璜的嘲笑，得意扬扬的放肆，他跳过来蹦过去，偏爱做戏，这些都是一目了然的，快快活活的。一切健康的人都倾向于繁衍。唐璜也是如此。再说，忧伤者有两种忧伤的理由，要么他们无知识，要么他们抱希望。而唐璜有知识，却不抱希望。他使人想到一些艺术家，他们认知自己的局限，从不越雷池一步，在他们的精神有所寄托的短暂间歇，拿着大师的架势，怡然自得。这正是天才之所在：智力识其边界。而唐璜直至躯体死亡边界，仍不知忧伤。一旦得知忧伤，便失声大笑，便对一切都宽恕了。从前，在他，希望之日便是忧伤之时。现今，他从眼前的女人嘴上，重新发现的滋味是独一无二的学问所具有的那种苦涩和慰藉。苦涩？不尽然吧，这种必要的不完美，反倒使得幸福明显可感了。

试图在唐璜身上看出饱读圣书的传教人物，那就大上其当了。因为他认为，除非希望有下世的生活，世事无不皆空。他身体力行，竟然敢冒天下之大不韪而故弄玄虚。悔恨把欲望消磨在享乐中，这种无能的老套子跟他无缘。对浮士德倒很合适，此公笃信上帝，足以把自己出卖给魔鬼。对唐璜而言，事情比较简单了。莫利纳笔下的"骗子"②面对地狱的威胁总是回答："求你给我一个长一点儿的期限吧！"去世之后的事微不足道，善于活着的人，日子才长哩！浮士德诉求人间财富：不幸的人只要伸手就行了。不善于使自己的灵魂快乐，这已经是出卖自己的灵魂了。唐璜则相反，他要求满足。倘若他离开一个女人，绝不是对她不再有性欲了。一个漂亮的女人总是引人产生

---

① 为纪念普希金逝世一百周年（1937年3月24日），阿尔及尔劳动剧场上演根据普希金《石客》改编的《唐璜》。加缪扮演主角唐璜，演出成功。
② 莫利纳（1583—1648），西班牙剧作家，"骗子"是其性格喜剧《塞维尔的骗子》中的主角，属唐璜形象首次出现于戏剧。

性欲的。而他是否对另一个女人产生性欲，那不是一码事儿。

今世的生活令他心满意足，没有比失去这样的生活更糟糕的了。唐璜这疯子是个大智者。靠希望生活的世人与世格格不入，在这个世上，善良让位于慷慨，柔情让位于雄性的沉默，亲和让位于孤胆的英勇。世人众口一词："他曾是个弱者，理想主义者或圣人。"必须铲除凌辱人的伟大。

唐璜的言论以及那些用来对付一切女人的套话引起众怒（抑或会意的笑贬低了他欣赏的东西）。但对于追求欢乐数量的人来说，唯有效果才是重要的。传令已经暗度陈仓，何必使之复杂化？女人，男人，没有人理睬传令，只听得见发出口令的声音。所谓传令就是准则、协议和礼节。口令既出，至关重要的是去执行。唐璜早有准备，却为何会给自己提出个道德问题？他不像米洛兹笔下的马纳拉①，渴望立地成佛而自罚入狱。对他而言，地狱是世人挑动起来的东西。面对神明的愤怒，他只有一个回应，那就是做人的荣誉。他对神差说："我名誉在外，我履行诺言，因为我是骑士。"但要是把他当作背德者，那也是大谬不然的。在这方面，他像大家一样，有其同情或厌恶的规矩。只有始终参照他的平庸象征，即象征平常的

---

① 米洛兹(1877—1939)，法国诗人、作家，原籍立陶宛。其剧《米盖尔·马纳拉》(1913)塑造了一个孤独而烦忧的唐璜形象。

勾引者和拈花惹草的男人，才可充分理解唐璜。他是个平平常常的勾引者①。区别在于他是有意识的，因为他是荒诞人。一个成为明察的勾引者不会因此而改变。勾引是他的常态。只有在小说里才改变常态或变得好起来。然而可以说，什么也没改变，同时一切又都变样了。唐璜付诸行动的，是一种数量伦理，与圣人追求质量相反。不相信事物的深层意义，是荒诞人的固有特色。那一张张热情或惊喜的面庞，他一一细看，一一储藏，一一焚毁。时间追踪他前进。荒诞人是与时间形影不离的人。唐璜并不想"收藏"女人。他穷尽其数量，跟女人们一起耗尽生命的机遇。收藏，就是能够靠过去而生存。但他拒绝离情别恨，这是另一种形式的希望。他是不善于看相的。

他因而就自私吗？恐怕以他的方式利己吧。但还是要有个说法。有些人，生而为活；有些人，生而为爱。唐璜至少乐意说穿。但他选择了长话短说，他可以做到。因为人们这里所说的爱情是用对永恒的幻想装饰起来的。研究激情的所有专家都如此告诉我们，永恒的爱情只有强扭的。没有斗争就没有激情。这样的一种爱情只在死亡这个最后的矛盾中得以结束。必须要么当维特②，要么什么也不是。鉴于此，有好几种自杀方

---

① 充分意义上的平常，连带他的缺点。哪怕一种健康的态度，也包含缺点。
② 歌德《少年维特之烦恼》中的主人公。

法，其中之一是完全奉献和遗忘自身。唐璜跟别人一样，深知这可以动人心弦，又像极少数人深知重要的并不在于此。他也知道得一清二楚，一次伟大的爱情使人们扭头不顾全部个人生活，这些人可能充实起来，但肯定使他们选中的人们贫乏下去。一位母亲，一个激情洋溢的女人，必然心肠生冷，因为这颗心已与世隔离。而感情专一，从一而终，面孔一张，一切随之被吞噬了。是另一种爱动摇了唐璜，作为解放者的爱，随身带来人间各式各样的面孔。之所以战战兢兢，因为自知是过眼云烟。唐璜选择了"什么也不是"。

对他而言，重要的是洞若观火。我们把一些人与我们相联系的东西称之为爱，是参照一种集体的看法，由书本和传说负责提供来源。但，我只认知，所谓爱，是指欲望、柔情和聪慧的混合物，把我与某个人紧密相连。这种混合物因人而异。我没有权利用同样的名称去涵盖所有的体验。大可不必以同样的举动去进行体验。荒诞人在这里又增加了他不能划而为一的东西。就这样，他发现了一种新的存在方式，这种方式，至少像解放接近他的人们那样，解放了他自己。唯有明知露水情是独特的爱，才是慷慨大度的爱。对唐璜而言，是一起起死亡和一个个再生造就了他的生命花束。这是他提供的方式，也是他赖以生存的方式。至于判断是否可以称作自私，我悉听尊便。

这里，我想起所有那些绝对希望唐璜受到惩罚的人们。不仅在来世受到惩罚，而且就在今世受到惩罚。我还想起所有那些关于老年唐璜的故事、传说和嘲笑。其实唐璜早有准备。对一个醒悟的人来说，衰老及其预示的事儿不会出乎意料。他之所以有悟，恰恰不是向自己隐瞒衰老的可怖。在雅典，有一座神庙，供奉老年。人们把儿童带到那里去。对唐璜来说，人家越嘲笑他，他的形象就越亮眼。由此，他拒绝浪漫派赋予他的形象。结果，百般受折磨、可怜兮兮的唐璜，谁也不想嘲笑他了。他受到怜悯，上天会拯救他吗？不会的。在唐璜隐约见到的天地里，可笑**也是**被理解的。他认为受惩罚是正常的。那是游戏规则。他接受了全部的游戏规则，这正是他的慷慨之处。但他清楚自己在理上，谈不上什么惩罚。一种命运并非就是一种惩罚。

这便是他的罪孽，而追求永恒的世人称之为对他的惩罚，犹可理解。他掌握了一种不含幻想的科学，把世人所宣扬的一切给否定了。性爱与占有，征服与耗尽，正是他的认识方式。《圣经》把"认识"称为性爱行为，圣书偏爱的这个词语含有深义。假如他不把世人放在眼里，他就是世人最凶恶的敌人。一位编年史家转述道，真有其人的"骗子"是被方济各修会的修道士们谋杀的，他们决意"了结唐璜的放纵和对宗教的不虔诚，因为唐璜的高贵出身确保了他不受惩罚"。之后，他们宣告，上天用雷把他劈死了。没有人证明过这种奇怪的结局。也没有人做过相反的证明。然而，不必考量是否符合实情，我就可以说这是符合逻辑的。这里我仅仅记住"出身"一词，不妨借题发挥一下：出生入世活着就确保他的无辜。他只在死后才背罪名，而现今他的罪过却成了传奇。

石头骑士这座冰冷的塑像，意味着动员人们去惩罚敢于思想的有血性有勇气的人，除此之外，还能意味什么？永恒理性、秩序、普遍道德的全部权力，乃至易怒的上帝全部的奇怪权威，都集于其一身。这块没有灵魂的巨石仅仅象征被唐璜永远否定的势力。骑士的使命到此为止。霹雳和雷公可以回到人为的天上，从哪儿召来回到哪儿去吧。真正悲剧的上演与他们毫不相干。不，唐璜并非死在石头骑士的手下。我乐意相信传说中的对抗，相信健全人疯狂的笑声，此人向不存在的上帝挑战。我尤其相信，唐璜在安娜家等待的那个晚上，骑士根本没有来；半夜过后，不信宗教的唐璜必定嗅出那帮振振有词的人们极大的苦衷。我更乐意接受有关他一生的记叙，最后以进入修道院隐姓埋名而告终。并非故事有建设性就能被视为真实可靠。向上帝恳求怎样的庇护？无非表现被荒诞全盘侵蚀的一生合乎逻辑的终结，被转向欢乐而短命的一生战战兢兢的结局。这里，享乐以苦行而告终。必须明白享乐和苦行可能成为同样毫无意义的两副面孔。还指望什么更可怖的形象：一个身不由己的人的形象，此人由于没有及时死亡，做完戏以便收场，面对他不敬重的上帝，侍奉上帝就像为生活尽心一般，跪在虚无面前，双臂伸向天空，心里却清楚，上天既无口才亦无深度。

我仿佛看见唐璜置身于山丘僻壤某个西班牙修道院的陋室中。假如他凝视什么,绝不是烟消云散的爱情幽灵,而或许是通过灼热的枪炮窗孔,眺望西班牙某处静悄悄的平原,绚丽而空旷无人的土地,在那块土地上,他认出了自己。是的,应当止于这伤感而光辉的形象上。终结的终结是被翘首以待的,却永不被期望,终结的终结是不足为训的。

戏 剧

哈姆雷特说："演戏，就是设陷阱，我将在陷阱中抓住国王的意识。"①好个"抓住"。因为意识要么疾走，要么收步。必须凌空抓住，即意识在投向自己匆匆一瞥那个千载难逢的时刻。常人不喜欢迟缓。相反，什么都在催他。但同时，他只对自己感兴趣，尤其对他可能有的作为感兴趣。由此产生对戏剧对演出的爱好，戏里有那么多的命运向他推举，他接受其诗意却不需忍受其苦楚。常人至少从中认出未觉悟的人，并继续匆匆奔向不知怎样的希望。荒诞人始于常人结束的地方，那里荒诞智者停止观赏表演，却决意加入演戏。深入所有剧中人的生活，多方体验，等于亲自把种种生活搬上舞台。不是说演员普遍听从这种召唤，也不是说他们是荒诞人，而是说他们的命运是一种荒诞命运，可能诱惑和吸引一个聪慧的心灵。为使下文不至于误导，以上所述是必要的。

演员生涯如同过眼烟云。众所周知，在所有的荣耀中，演员的荣耀是最为昙花一现的。至少在常谈中可以这么说。其实一切荣耀都是昙花一现。从天狗星②的角度来看，歌德的作品一万年后将化为尘埃，他的姓氏将被遗忘。也许有几个考古学家会寻找我们时代的"证据"。这种理念总是有教益的。此种深思熟虑的理念把我们的浮躁化为彻底的高尚，就是人们从无动于衷中发现的那种高尚。尤其把我们的忧虑引向最可靠的东西，即眼前的东西。在所有的荣耀中，最不骗人的是眼见为实的荣耀。

因此，演员选择了不可计数的荣耀，即自己给自己盖棺定论，自己感受自己的荣耀。万物总有一天消亡，正是演员从中取得最好的结论。演员要么成功，要么失败。而作家即使被埋没，也抱着希望。他设想他的作品将为他的过去做见证。演员最多将给我们留下一帧照片，属于他的任何东西，包括举动和沉默，短促的呼吸或爱情的气息，都到不了我们眼前。对演员而言，不出名就是不演出，而不演出，等于与他本可以使之登台和复活的各种人物一起死亡一百次。

想到建筑在最昙花一现的作品上所产生的过眼烟云的荣耀，有什么可惊讶的呢？ 演员花三个小时做一做伊阿古或阿尔塞斯特，费德尔或格罗塞斯特③。在短短的时间里，演员使上述人物在五十平方公尺的舞台上诞生和死亡。荒诞从来没有表现得如此充分，如此长久。这些奇妙的人生，这些独一无二

---

① 国王系指理查·格罗塞斯特公爵，英国国王，莎士比亚多部剧作中的人物，《理查三世》中的主人公。 此处系《哈姆雷特》第二幕第二场最后一句台词。
② 暗喻伏尔泰的短篇故事《小巨星》。
③ 这四个人物分别为莎士比亚的《奥赛罗》、莫里哀的《恨世者》、拉辛的《费德尔》和莎士比亚的《理查三世》中的主人公。

完整无缺的命运，在几小时内展开和结束，还期望什么更具启示性的捷径？从舞台下来，希吉斯蒙①什么也不是了。两小时后便有人看见他在城里吃晚饭。或许这时候倒是人生如梦了。但继希吉斯蒙之后，又出来另一个人物。苦于拿不定主意的主人公代替了复仇之后大喊大叫的人物。演员就这样经历了多少世纪，领悟了多少智者，模仿了他可能成为的人物和他切身体验的人物，再来与另一个荒诞人物会合，后者便是旅行者。他一如旅行者，取尽了某些东西之后，又不停地奔波。他是时间的旅行者，更有甚者，是受灵魂追逐的旅行者。一旦数量的裨益找得到食粮，那必定是在这个奇特的舞台上找到的。至于演员在多大程度上得益于剧中人物，那就难说了。但关键不在于此。要紧的仅仅是演员在什么程度上替身于那些不可代替的人生。确实，有时候他随身附着那些人物，而他们时不时越出他们出生其间的时间和空间。他们陪伴着演员，弄得演员不太容易与曾经有过的样子分离。有时候演员拿起杯子，就会重复哈姆雷特举杯的动作。是的，他所注入生命的人物与他的距离不是那么大的。于是，月复一月或日复一日，他充分表明如此丰盈的现实，以至于在一个人渴望成为的和现实存在的之间不存在界限了。在多大程度上表演的存在成为现实存在，这是他所证明的，为此他始终用心演得更出色。因为这就是他的艺术

---

① 卡尔德隆的剧作《人生如梦》中的人物。

哇，绝对装得像的艺术，尽可能深地进入不属于他的某些生活中去。尽其努力，他的天职便豁然开朗：全心全意致力于成为"什么也不是"或成为"好几个人"。留给他创造人物的局限越窄，他的才能就越必不可少。他要在今天的面目下过三小时就死亡。他不得不在三小时内体验和表现整个非同寻常的命运。这叫做死而复生。过三小时，他将把走不通的路走到底，而观众席上的人却要走一辈子。

演员模仿过眼云烟的东西只在表面上有所作为和精益求精。戏剧的约定俗成，是心灵仅仅通过举动和形体或通过表现灵魂和肉体的声音来表达和使人理解。这门艺术的规则在于一切都要夸张，一切都要有血有肉地表达。假如在舞台上，必须像真爱那样去爱，必须运用不可替代的心声，必须像真的凝望那样凝望，那我们的言语就有代码了。沉默必须此地无声胜有声。爱情使调门高昂，静止不动本身变得很有看头。形体统治舞台。"戏剧性的"不是谁想做就做得出来的，这个形容词被错误地小看了，其实涵盖着一整套美学和一整套寓意。人生一半在欲语还休、扭头不看和沉默寡言中度过。演员在这一点上是不速之客。他为被束缚的灵魂消除魔法，于是激情终于纷纷亮相。激情通过各种手势说话，但只通过喊叫维持生命。这样，演员塑造所演的人物，加以展示。他或描绘人物或雕塑人物，把自己塑进想像出来的人物形状，把自己的血液注入人物幽灵。我说的，当然是大戏，就是使演员有机会完成其有形体的命运的戏剧。请看莎士比亚：一开场，人体着魔，驱动舞蹈。疯魔意味深长。没有疯魔，一切就会分崩离析。若没有逐放考德莉娅和判罚爱德加的粗暴举动，李尔王决不会赴被疯狂挑动的约会。所以这出悲剧在失去理智的标志下铺展是恰当的。灵魂被交给魔鬼，并与魔鬼共舞。至少有四个疯子，一个因为职业而发疯，一个因为意志而发疯，另外两个因为折磨而发疯：四具乱七八糟的躯体，四副在同一状况下难以言状的面孔。

人体的结构系统本身是不够的。脸谱和厚底靴，在主要成分上缩小和突出面孔的化妆，既夸张又简化的服装。总之，把这个领域的一切都牺牲给表象，仅仅为满足眼睛。人体通过荒诞奇迹，使人认知。我只在自己扮演伊阿古时才理解伊阿古，否则永远搞不大明白。光听伊阿古说词还不行，只在见到他那一刻才领会他。演员从荒诞人物学会单调，取得独一无二的身段，勾人心弦，既奇特又亲切，他把这种身段贯穿在所有他演的人物身上。这又说明伟大的戏剧作品有助于格调的统一。我这里想起莫里哀笔下的阿尔塞斯特。一切都是那样简单，那样明显，那样粗俗。阿尔塞斯特对抗菲林特，塞利麦纳对抗艾科昂特，整个主题围绕一种荒诞结果，是被推向终点的性格所引起的。诗句本身，"蹩脚诗句"，喃喃吐出，以示人物性格的单调。这是演员自相矛盾之所在：既单一又多样，那么多灵魂集单独演员于一身。但这是荒诞本身的矛盾，演员个体硬要达到一切经历一切，这种企图是徒劳的，这种固执是没有意义的。一向自我矛盾的东西却在他身上取得统一。就在他身上，肉体与精神会合，紧紧拥抱，这里因失败而厌倦的精神转身朝向最忠实的盟友。哈姆雷特说："祝福他们吧，他们的鲜血和判断非常奇怪地混合在一起，他们不再是命运随意点拨笛孔的笛子了。"

教会怎么不会谴责演员如此这般的操作？对戏剧艺术，教会斥责灵魂异端的急增、情感的堕落、精神触犯众怒的过分诉求，因为精神拒绝经历单种命运，从而迫不及待地投入放任自流。教会禁止演员们喜爱现时和普洛透斯式①的胜利，因为都是对其教诲的全盘否定。永恒不是一场游戏。一种精神若疯狂到喜爱戏剧胜于永恒，就已丧失拯救了。在"到处演出"和"永远演出"之间没有妥协。故而这种如此被人瞧不起的职业倒可能引起过分的精神冲突。尼采说："重要的不是永恒的生命，而是永恒的活力。"确实，整个悲剧就在这种选择中了。

阿德里埃娜·勒古弗勒②在临终的床上很想忏悔和领受圣

---

① 希腊神话中变幻无常的海神，又称"海中老人"。
② 法国著名演员(1692—1730)。教会对阿德里埃娜·勒古弗勒的尸体无耻的凌辱引起伏尔泰极大的愤怒。参见伏尔泰的诗《勒古弗勒小姐之死》和他的小说《老实人》第二十二节。

体,但拒绝贬废她的职业。从而她失去了忏悔的好处。这不是为维护她深深的激情而冒犯上帝又是什么呢?这个垂死的女人含泪拒绝否定她称之为她的艺术的东西,表现出一种伟大,是她在舞台灯光前从未达到的。这是她最美的角色,也是最难坚持的①。在上天和一种微不足道的忠诚之间选择,喜爱自己胜于永恒或坠入上帝的深渊,是很久以来的悲剧,她必须在这种悲剧中占有一席之地。

那个时代的演员们自知已被革出教门。加入演戏的行业,就是选择地狱。教会在他们身上识别出最凶恶的敌人。有几个文学家发火了:"什么,拒绝给莫里哀最后的援助!"②然而,那是顺乎情理的,尤其对莫里哀而言,他死在舞台上,在粉墨化妆下结束了专供消遣的整个一生。有人提到他时,说什么天才对一切都会原谅。不对,天才对什么都不原谅,因为天才拒绝原谅。

由此可见,演员知道什么惩罚会落到他的头上。生活本身为他保留了最后惩罚,以此为代价的隐约威胁能有何等意义?他事先体察和全盘接受的正是最后惩罚。对演员如同对荒诞人来说,过早的死亡是不可援救的。他涉猎许多面孔和世纪,其总和是任何东西都补偿不了的。但不管怎么说,事关死亡啊。

---

① 隐喻她担任了被教会鞭尸的角色。
② 神甫等莫里哀死后才来,秘密把他葬在圣·约瑟夫公墓,那是埋葬自杀身亡者和未受洗礼的儿童专用的坟地。

因为演员必定到处出现，而时间也拽着他不放，并跟着他起作用。

只要一点儿想像力，就足以觉出演员的命运意味着什么。正是在时间中他塑造和列举一个个人物，也还是在时间中他学习驾驭他的人物。他越体验不同的人物，就越与他的人物分离。时间一到就必须死在舞台，死在上流社会。他体验的东西历历在目。他看得明明白白。他感受到了一生冒险所产生的令人心碎和不可替代的东西。他心知肚明，现在可以死了。老演员们是有退休所的。

征 服[①]

征服者说:"不对,不要以为我喜欢行动就得放弃思想。相反,我完全能够确立我所相信的东西。因为我信得有力,见得肯定和清楚。不要轻信有些人说的:'这么么,我太明白了,就是表达不出来。'他们之所以说不出来,就是因为他们不明白或由于懒惰而浅尝辄止。"

我的见解不多。人一辈子下来发觉只为了确保一种真理而度过不少年头。单独一种真理,如果是显而易见的,就足以引导一种人生存在。至于我,对于个体,我确有一些话要说。我们应当毫不客气地说出来,必要时,带着适度的轻蔑。

一个沉默多于说话的人是一个更有价值的人。有许多事情我不会说出来,但我坚信,所有判断个体的人,为判断的依据立论,他们的经验比我们少得多。智力,扣人心弦的智力,也许预感到了应该证实的东西。然而时代及其废墟和鲜血以显而易见的事实成全了我们。古代的民族,甚至比较近代的,直至我们这个机器时代的民族,有可能衡量社会和个体的德行,有可能探求哪个为哪个服务。这首先可能是依据人心根深蒂固的差错,这种阴差阳错导致人来到世上要么侍候于人,要么被人侍候。其次可能因为社会和个体都还没有展现各自的全部技能。

我见过一些雅士，对产生于弗朗德勒血腥战争的荷兰画家的杰作叹为观止，为西里西亚神秘主义者在可怕的三十年战争中发出的祷词不胜感动。永恒的价值在他们惊讶的眼中飘游于现世的动乱之上。但时过境迁，今天的画家失去了泰然自若。即使他们本质上具备创造者所必需的心灵，我想说，一颗冷漠的心，也毫无用处了，因为大家，连圣人在内，都给动员起来了。这也许是我感触最深的。每种形式的战事失败，每种特色，隐喻也罢，祈祷也罢，被钢铁粉碎也罢，都使永恒损失一部分。我既然意识到不能与我的时间分离，便决定与时间结为一体。我之所以对个体那么重视，只因我觉得个体微不足道和备受凌辱。我知道胜利的事业并不存在，于是对失败的事业感兴趣：失败的事业需要一颗完整的心灵，同等对待失败和暂时的胜利。对自感与人世命运同舟共济的人来说，文明的一次次冲击是有些令人焦虑的。我把这种焦虑当作我自己的焦虑，同时也想赌一把。在历史和永恒之间，我选择历史，因为我喜欢事事确实可靠。我至少对历史有把握，如何否定得了负荷于我

---

① 这一节的来源如下：拉歇尔·贝斯帕洛夫曾发表论著《途径与十字路口》，评论马尔罗的《征服者》、《王家大道》和《人类状况》三部作品。一向敬重马尔罗的加缪读后，浮想联翩，写下评述上列作品的思考散论。此文开头的引言出自马尔罗的《征服者》。

的力量?

总会有一个时刻,必须在静观和行动之间作出抉择,所谓造就一个人成为一个男子汉。这种撕心裂肺的痛苦是很可怕的。对一颗骄傲的心来说,中间抉择是没有的。要么上帝或时间,要么十字架或刀①。这个世界有一种超越人世骚动的高层次意义,抑或除了人世骚动,任何东西都不是真的。要么不得不与时间共存亡,要么为一种更伟大的人生而摆脱时间。我知道人可以将就,可以生活在世上相信永恒。这叫承受。但我讨厌这个词,要么什么都要,要么什么都不要。我若选择行动,别以为静观对我像一片陌生的土地。但静观确实不能把什么都给我,而我失去永恒时,就想与时间结盟了。我不愿把怀念与辛酸记在我的账上一了百了,我只想看个清楚。对你们这么说吧,明天你们将应征入伍,对你们和对我,都是一种解放。个体什么也做不成,却什么都可以做。在这种奇妙的预备役期间,你们明白我为什么既激励个体又贬压个体。其实,是世界将其贬压,是我将其解放。我把个体的全部权利都给个体了。

征服者们知道行动本身是无用的。只有一种有用的行动,那就是重造世人和大地。我永远重造不了世人。但应当装得

---

① 参见《圣经·新约·路加福音》第二十二章第36—38节。又见卡夫卡的象征记叙《剑》。

"煞有介事"。斗争的道路使我遇见肉体。哪怕受凌辱的肉体,也是我唯一可确定的东西。我只能靠眼见为实的东西生活。造物是我的故土。这就是为什么我选择又荒诞又无意义的努力。这就是为什么我站在斗争的一边。时代对此已做好准备,我说过了。迄今为止,征服者的伟大还是地缘性的,是以征服的领土大小来衡量的。征服一词改变了含义,不再指凯旋将军了,这不是无足轻重的。伟大改变了营垒,置身于抗议和无前途之牺牲的行列了。倒不是喜欢失败。胜利还会受人企盼。但只有一种胜利,那就是永恒的胜利,是我永远不可企及的胜利。这就是我磕磕碰碰和死抓不放的地方。一次革命总是以对抗诸神而告成,即始于普罗米修斯的革命:普氏在现代征服者中独占鳌头。这是人对抗其命运的诉求。穷人的诉求只是借端而已。但我只能在人的历史行为中抓住这个精神,唯其如此,我与其会合。别以为我老于此道:面对本质矛盾,我维持我的人性矛盾,把我的明察置于否定这个矛盾的东西之中。我在贬压人的东西面前激励人,于是我的自由、我的反抗和我的激情汇合在紧张、明智和过分的重复中。

是的,人是其自身的目的,而且是唯一的目的。假如人想成为什么,也是在人生中进行。现在我毕竟明白了。征服者有时谈论战胜和克服。但他们想说的意义总是"克服自我"。你们很清楚这意味着什么。凡是人总会有时候自感与神并驾齐驱。至少人们是这么说的吧。然而,这来自人在一闪念之间,感到人的精神伟大得令人不胜惊讶。征服者只不过是世人中间的一部分,他们感觉到了自身的力量,足以肯定永远生活在高层次上,并充分意识到这种伟大。这是个算术问题,或多或少是如此吧。征服者可能成为最伟大的,但当人决意如此时,他们不能超过人本身。所以他们永远离不开人生熔炉,即便投入革命灵魂的最炽燃处。

他们在那里发现残伤的造物,但也遇见他们所喜爱所欣赏的唯一价值,即人及其沉默。这既是他们的贫乏,也是他们的财富。他们只有一种奢侈,就是过分享用人际关系。怎么会不明白在这种脆弱的天地里,一切有人性的东西都有较为脍炙人口的意义?紧绷的面孔,受威胁的博爱,人与人之间如此强烈又如此羞怯的友谊,这些都是真正的财富,因为都是转瞬即逝的。正是在这些财富中间,精神最充分感受其权力和局限,就是说精神的效力。有些人谈及天才,但天才,此词用得轻率了,我更喜欢智力。应当说智力可以是卓然的。智力照亮荒漠、控制荒漠。智力认知自身的奴性,并将其表现出来。智力与躯壳同时死亡。但,认知者,自由也。

我们并非不知道,所有的教会都反对我们。一颗心,弦绷得紧紧的,回避着永恒,而一切教会,神明的或政治的,都追求永恒。对教会而言,幸运和勇气,报酬或正义,都是次要的目的。教会提出某种学说教条,我们就必须认同遵守。而我与理念或永恒风马牛不相及。于我适合的真谛，是触手可及的，与我须臾不可分离。所以你们不能在我身上建立任何依据：征服者的任何东西都待不长久，甚至其教条也长久不了。

不管怎样，这一切的终点是死亡。我们一清二楚。我们也知道死亡结束一切，所以遍布欧洲并困扰我们中间一些人的公墓都是形骸丑陋的。人们只美化所爱的东西，死亡令我们反感，使我们厌倦。死亡也需人去征服。帕多瓦被鼠疫掏成空城，又受威尼斯人的包围，最后一名卡拉拉①受困其间，他在空荡无人的宫殿厅堂里边跑边喊：他呼唤魔鬼，请求一死。这是克服死亡的一种方式。把死神自以为满载荣誉的地方搞得如此面目可憎，仍不失为西方固有的一种勇气标志。在造反者的天地里，死亡激发不公，是极端的滥用激情。

其他一些人也是不妥协的，他们选择了永恒，揭露了人间的幻想。他们的公墓在花丛鸟鸣中微笑。这很适合征服者，向他展示他所摒弃的东西的清晰形象。相反，征服者选择了黑铁围栏或无名壕沟。永恒者中最优秀的有时也不禁令人毛骨悚然，对智者们既充满敬意又不胜怜悯，因为后者可以带着自身死亡的这种形象生活。然而，这些智者从中获得自身的力量和自身存在的证明。我们的命运就在我们面前，正是我们的命运

---

① 中世纪意大利的名门望族。帕多瓦，意大利北部著名城市，1222 年创建帕多瓦大学是欧洲历史最悠久的大学之一。

受到我们的挑战。出于自尊，更出于对我们无意义的状况的觉醒。有时，我们也怜悯我们自己。这是我们觉得唯一可以接受的同情，也许是你们不理解并觉得无魄力的一种情感。但这是我们当中最大胆的人方有这种感受。我们不过把清醒者称为有魄力的人罢了，我们不需要与洞察力分离的力量。

再次说明，上述种种形象所提出的寓意，不牵涉判断，是一些素描。仅仅表现一种生活作风。情人、演员或冒险家扮演荒诞，但要是他们乐意，同样可以扮演贞洁者、公务员或共和国总统。只要知情和毫不掩饰就行了。在意大利的博物馆里，有时看见一些彩绘小屏幕，那是教士从前在囚犯们面前遮挡绞刑架的。各种形式的跳跃，匆忙跳入神性或永恒，沉溺于常人或理念的幻想，所有这些屏幕都在遮挡荒诞。但有一些无屏幕的公务员，我要讲的正是他们。

我选择了最极端的。在这个程度上，荒诞赋予他们一种王权。确实他们是无国之王。但他们比有国之君具有优势，因为他们知道各种各样的王国都是虚幻的。他们知道自身的全部伟大就在于此；一提起他们，就说隐藏的不幸，或幻灭的灰烬，那是徒劳无益的。被剥夺希望，并不就是绝望。人间的火焰完全抵得上天国的芳香。这里，我不能、谁也不能审判他们。其实他们并不力图成为优秀者，而试图成为征服者。假如明智一词用于知足者，即对自己没有的东西不胡思乱想的人，那么公务员们是些明智的人。他们之中有人知道得比谁都清楚,那就是征服者,是的,但出于精神;而唐璜,则出于认知;演员,是的,但出于聪明:"当有人将其珍贵的绵羊温情臻于完善时,此人在地上和天上都决不配享有得天独厚,即使在最好的情况下也只不过是头可笑的带角绵羊,仅此而已。还得承担不会因虚荣而完蛋,也不会用法官架势而引起公愤。"

不管怎样,必须为荒诞推理恢复最热忱的面目。想像力可以增加许多其他面目的人,他们被钉在时间上,受困于流放中,却也善于根据没有未来,没有溺爱的天地尺度来生活。于是,这个没有上帝的荒诞世界就充满了思想清晰和不抱希望的族群。而我还没有讲到最荒诞的人物,即创作家。

荒诞创作

哲学与小说

在稀薄的荒诞空气中维系的一切生命，如果没有某种深刻和一贯的思想有力地激励着，是难以为继的。那只能是一种奇特的忠诚感。我见过一些有觉悟的人在最愚蠢的战争中完成了他们的使命，却不认为自己处在矛盾之中。那是因为啥也不必解释清楚。因此，经受住世界的荒诞性就会产生一种形而上的幸福。征服或游戏，无数的爱情，荒诞的反抗，这些都是人在注定失败的战役中向自己的尊严表示敬意。

问题仅仅在于恪守战斗规则。这种思想足以养育一种精神，这种思想支持过并还在支持着一些整体文明。所以人们不否定战争。必须因战争而死，或靠战争而生。荒诞也如此：必须与荒诞共呼吸，承认荒诞引起的教训，找到体现教训的肉体。在这方面，荒诞之极乐，就是创作。尼采说："艺术，唯有艺术，我们有了艺术就可不因真理而死亡。"①

在我试图描述和以好几种方式表述的经验中，毫无疑问，一种烦忧消失之处必然冒出另一种烦忧。对遗忘的幼稚探求，对满足的呼唤，现在都引不起共鸣了。但让人保持面对世界的恒定张力，促使人迎接一切有秩序的疯魔，倒给人留下另一种狂热。于是,在这个天地里,作品就成了唯一的机会,能保持人的觉悟和确定意识的冒险。创作,就是第二次生命。普鲁斯特摸索性的、焦虑的探求,对鲜花、绣毯和焦虑精心细致的收集,没有别的什么意义。同时,普鲁斯特每日从事持续不断的、不可估量的创作,并不比演员、征服者和所有荒诞人更具有意义。大家都千方百计地模仿、重复和重塑各自的现实。但我们最后总会看清自己的真相。对一个偏离永恒的人来说,整个存在只不过是在荒诞面具下的过度模仿。创作,就是最大的模仿。

首先,世人心知肚明,其次他们的一切努力旨在跑遍、扩大和丰富他们刚刚登陆的无望岛②。但,首要的是懂得门路。因为荒诞的发现与停顿的时间巧遇时,未来的激情是在停顿的时间里逐渐形成,并取得合法的地位,甚至没有福音的人也有他的橄榄山③。在荒诞人的橄榄山上,他们也不可以睡觉。对荒诞人而言,问题不再是解释和解决了,而是体验和描述了。一切以英明的无动于衷开始。

描述,这是荒诞思想的最后企图,科学亦然。科学到达其悖论的终点,就停止建议,就驻足静观,就描绘自然现象永远

---

① 引自尼采:《偶像的黄昏》,第 24 页。
② 岛的形象一直为尼采所爱,如《查拉图斯特拉如是说》所提到的"幸运群岛"。加缪也十分偏爱这个形象。
③ 隐喻位于巴勒斯坦境内的橄榄山,即耶稣被捕前祈祷之地。

原始的景色。心灵就这样点通了：把我们推至世界面貌之前的冲动感不是来自世界的深度，而是来自世界面貌的多样性。解释是徒劳无益的，但感觉留了下来，带着感觉，就有数量上取之不尽的世界所发生的不断呼唤。在这里人们懂得了艺术品的地位。

艺术品既标志着一种经验的死亡，也体现了这种经验的繁衍。好比是一种单调而热情的重复，其主题早由人世协调好了：形体，即庙宇三角楣上取之不尽的形象，还有形式或色彩，数量或灾难。因此，在创作者壮丽而稚拙的天地里，最终找到本散论的重要主题，不可漠然以对。从艺术品看出一种象征，认为艺术作品归根结底可视为对荒诞的庇护，那就错了。艺术品本身就是一种荒诞现象，只不过涉及其描述，给精神痛苦提供不了出路，相反是痛苦的一个征象，回荡在一个人的全部思想中。然而第一次使精神走出自身，把精神置于他人面前，不是使其迷失方向，而是明确指出走不通的道路：大家却偏往这条路上走。在荒诞推理的时间里，创作追随漠然和发现，标明荒诞激情的冲击点和推理的停止处。其地位在本散论中就这样自行确定了。

只需揭示创作家和思想家共有的几个主题，我们便可以在艺术作品中发现思想介入荒诞时的种种矛盾。确实，他们的共同矛盾胜过产生亲缘智力的相同结论。思想和创作也是如此。我几乎不必指出，促使他们采取这些态度的是一种相同的烦忧。从这一点出发时,这些态度是相通的。但从荒诞出发的种种思想,在我看来,很少维持得住。我从各种思想的差距或背信中非常准确地掂量出只属于荒诞的东西。同样,我得弄明白:一件荒诞作品是可能的吗?

人们未必过分强调艺术和哲学之间古老的对立裁断性。假如从过于确切的意义上理解,这种对立肯定是假的。假如只是说这两门学科各有各的特殊氛围,那恐怕是真的,但模糊不清。唯一可接受的论点是涉及囿于自己体系**中心**的哲学家和置于自己作品**面前**的艺术家之间所引起的矛盾。但这个论点的价值在于某种艺术和哲学形式,在这里我们视为次要的。脱离创作者的艺术思维不仅过时了,而且是错误的。有人指出,与艺术家相反,从来没有一个哲学家有过好几种体系。此话不错,但有个条件,即从来没有一个艺术家在不同的面貌下表达一种以上的东西。艺术的瞬间完美,艺术更新的必要性,只不过是偏见造成的。因为艺术作品也是一种构建,大家都知道,伟大的艺术家个个都那么单调。艺术家跟思想家一样,本人介入自己的作品,并在其中成长。这种相辅相成引起了最重要的美学问题。再说,根据方法和对象来区分,对确信精神目标的一致性的人来说,是再也徒劳不过的了。人为了理解和喜爱所提议的种种学科是没有界限区分的。各种学科互相渗透,而相同的焦虑又使之混同。

开始就说清楚是必要的。为使一个荒诞作品有可能产生，思想必须以其最清醒的形式加以干预。同时，思想必须不在作品中显露，要不然作为智力来指挥也行。这种悖论可用荒诞来解释。艺术作品产生于智力摒弃推理具象，标志着形体的胜利。是清醒的思想激发了作品，但就在这个行为中思想否定了自己。思想不会接受诱惑，去给描述外加一层更为深刻的意义，因为明知是不合情理的。艺术作品体现了智力的一种悲剧，但只间接地体现出来。荒诞作品要求艺术家意识到这些局限，要求艺术具体表现自身以外不具备任何其他意义。不能成为生命的终结，生命的意义，生命的慰藉。创作或不创作，改变不了什么。荒诞创作家并不坚持自己的作品。他可以放弃的，有时也放弃了。只要有个阿比西尼亚就够了。①

同时可以从中看出一条美学规则。真正的艺术作品始终合乎人的尺度，基本上是"话到嘴边留三分"的作品。在艺术家的整体经验和反映这种经验的作品之间，在《威廉·迈斯特》②和歌德的成熟作品之间，有着某种联系。当作品硬要把全部经验给予花边解释文学时，这种联系就不好了。当作品只

---

① 隐喻一死了之，什么作品都没有了。阿比西尼亚现称埃塞俄比亚。相传诗人兰波死于埃塞俄比亚，尽管与事实不符，但以讹传讹，成了死亡的隐喻。
② 歌德早期系列习作，包括《威廉·迈斯特学徒年代》、《威廉·迈斯特朝圣年代》、《威廉·迈斯特戏剧生涯》。

是从经验中打造出来的一小块，只是钻石的一个小侧面，而钻石内聚的光芒无边无垠，那这种联系就好了。在第一种情况下，负荷过重，追求永恒。在第二种情况下，作品硕果累累，因为经验虽然整个儿被撇下不谈，人们却猜得出经验的丰富。对荒诞艺术家来说，问题在于取得生活本领胜过处世本领。最后，在这种气氛下，伟大的艺术家首先是个非常懂得生活的人，包括懂得活在世上既是体验又是思考。所以，作品是智力悲剧的化身。荒诞作品表明思想摒弃其威望，表明思想甘愿成为智力，而智力发掘表象，使没有理性的东西布满形象。如果世界是清晰的，那么艺术则不然。

这里不谈形式艺术或色彩形象，因为在这两种艺术中占主导的只有亮丽朴实的描绘。我们很有意思地发现，最具智力的绘画，即千方百计把现实缩减为基本元素的绘画，到最后只落个取悦于眼睛。这样的绘画只给世界留下了色彩。表达始于思想结束之时。两眼空空的少年①充斥寺庙和博物馆，艺术家把他们的哲学表现为举止。对荒诞人而言，这种哲学比所有的图书馆更有教益。从另一方面看，音乐也是如此。如果说有一种艺术缺少教益，那肯定是音乐了。音乐与数学太相近了，不会不从数学借用无缘无故性。精神根据协定的和有节度的规则跟

---

① 隐喻雕塑，此语借自于克尔恺郭尔："引人注目的是，希腊艺术在雕像上最高妙之处恰恰是缺乏目光。"（《焦虑观》）又借自于黑格尔："没有眼睛的雕塑用整个身体凝视我们。"（《美学》）

自己做游戏,这种游戏在属于我们的有声世界展开,而在我们的有声世界之外,振动与振动相遇,汇成一个非人性的天地。没有更纯粹的感觉了。这些例子太容易了。荒诞人把这些和谐与形式认作自己的和谐与形式。

然而,我很想在这里谈论一种作品,其中解释的诱惑力始终是最大的,其中幻想油然而生,其中结论几乎是不可缺少的。我要说的是小说创作。我寻思荒诞是否能在小说创作中得以维持。

思想,首先是要创造一个世界(或划定自己的世界,这是一回事儿)。从把人与其经验分离的基本不协调出发,去根据人的怀念发现一处协调的领地,去开拓一个被理性束缚的天地或一个受类似理性的东西所启迪的天地,以便能解决难以忍受的分离。哲学家,即便是康德,也是创作家。他有他的人物、他的象征和他的隐秘情节。他有他的创作结局。相反,小说走在诗歌和杂文的前面,不管表象怎样,只表明艺术的一种更为广泛的智力化。我们要搞清楚,这尤其涉及最伟大的创作家。一种体裁的丰富和高贵往往能从所含的渣滓衡量得出来。蹩脚小说的数量不应当使人忘记优秀小说的伟大。小说有小说的逻辑、推理、直觉和公式,对清晰性也有自身的要求。不妨思考一下,说一说最蹩脚的小说。几乎所有的人都自以为能够思想,而在某种程度上讲,好歹确实在思想。相反很少有人能够想像自己是诗人或耍笔杆的。但一旦思想在价值上领先于风格,那么成群的人对小说就趋之若鹜了。这说出来不是什么了不起的坏事。最优秀的小说家总是对自己越来越严格。至于那些泯灭的作家,他们本来就不值得存活的。

我上面谈到的传统对立,在这种特殊情况下,就更不合乎情理了。在哲学与哲学家容易被分开的时代,这种对立是有价值的。今天,思想不再追求放之四海而皆准了,思想最好的历史恐怕是其悔恨的历史,我们知道,当体系有价值的时候,是不与体系的创作家分离的。《伦理学》①本身,从一个方面来看,只是一部冗长而严峻的自白而已。抽象思维终于与其肉体构架会合了。同样,肉体和激情的小说游戏,更是根据一种世界观的要求来理顺组合的。作家不再讲"故事"了,而是创造他自己的天地。伟大的小说家是哲学小说家,就是说主题小说家的对立面。诸如巴尔扎克、萨德、麦尔维尔、斯当达、陀思妥耶夫斯基、普鲁斯特、马尔罗、卡夫卡,只举这么几个吧,他们就是如此。

他们选择形象而不用推理来写作,恰恰揭示了他们共有的某种思想,这种思想确信一切解释原则都是无用的,深信感性的表象富有教益的信息。他们把作品既看做一种结束,也看做一种开始。作品是一种经常意在言外的哲学终点,是这种哲学

---

① 斯宾诺沙的代表作。

的图解和完美结局，但只用这种哲学的言外之意来完成。这样的作品终于使一种古老主题的变相说法合乎情理了，即少许思想远离生活，许多思想回归生活。思想不能使真实升华，而止于模仿真实。此处涉及的小说是认识的工具，这种认识既是相对的，又是取之不尽的，非常像对爱情的认识。对于爱情，小说创作表现出最初的惊喜和富有成果的反复思考。

这至少是我起初承认小说所具有的魅力。但我也承认思想上受到凌辱的佼佼者们所具备的魅力，之后我得以静观他们自杀。恰恰使我感兴趣的，是认识和描述使他们回到幻想的共同道理上来的力量。同样的方法在这里对我很有用。已经用过这种方法，使我能够缩短我的推理，不失时机地就一个确切的例子将其概括出来。我想知道，人们接受义无反顾地生活，是否也能同意义无反顾地工作和创作，还想知道怎样的道路通向这些自由。我要把我的天地从其幽灵中解放出来，仅仅用有血有肉的真理，却否定不了其存在。我可以创作荒诞作品，选择创造性的态度，而不是别的什么态度。但一种始终如一的荒诞态度，必须对其无动机性保持清醒的意识。作品也是如此。假如荒诞戒律得不到尊重，假如作品没有表现分离和反抗，假如作品推崇幻想和激发希望，那么作品就不再是无动机的了。我就再也超脱不了作品，我的生活就能在作品中找到某种意义：这是可笑的。作品再也不是超脱和激情的演练了，而人生的壮观和却无益就是由这种演练来耗尽的。

解释的诱惑最为强烈的创作中,作者能够克服这种诱惑吗?对现实世界的意识最为强烈的虚构世界中,能保持对荒诞的忠诚而不去迎合做结论的欲望吗?在最后的努力中,同样多的问题要面对。人们已经明白这些问题意味着什么。这是某种意识的最后顾忌,这种意识害怕以最后的幻想作价码而放弃最初的、难得的教益。创作被视为人意识到荒诞后可能有的一种态度,对于这种创作有价值的东西,也同样对提供给他的种种生活作风有价值。征服者或演员、创造者或唐璜,可以忘记他们的生活演练,却不会不意识到自身的无理智性。人们习惯得非常之快。为生活得快乐而想挣钱,一生的全部努力和最好的东西都集中起来去赚钱。幸福被遗忘了,手段被当作目的了。同样,征服者的全部努力会偏向野心,而野心只是一条小道,通向一种更豪华的生活。唐璜以自己的方式也将认同自己的命运,满足于这种存在,其伟大只因反抗才有价值。对前者而言,是为觉悟,对后者而言,是为反抗,在这两种情况下,荒诞都消失了。人心中的希望多得不得了。家徒四壁的人有时到头来也会认同幻想。由于安宁的需要而作出的赞许和存在的允诺是同根而生的兄弟。这样就有了光明的诸神和泥土的偶像。这是中间道路,通向必须找到的那种人的面目。

迄今为止,荒诞的强求是失败的,使我们对荒诞的强求是什么了解得极为清楚。不管怎样,只要提醒我们注意小说创作可能向某些哲学提供相同的模糊性，对我们已足够了。这样就可以选择一部作品来阐明自己，这部作品中，标志荒诞意识的一切都具备其发端是明确的，氛围是清醒的。荒诞意识的结果将给我们以教益。假如荒诞没有在其中受到尊重，我们也将知道幻想是从什么旁门左道乘虚而入的。一个确切的例子，一个主题，一种创作家的忠诚，就足够了。重要的是相同的分析已经更详尽地做过了。

我将研讨陀思妥耶夫斯基特别喜爱的一个主题。我也本可以研究其他作品。比如马尔罗的作品。但不得不同时涉及社会问题，而社会问题确实又不能用荒诞思想来回避（尽管荒诞思想能为社会问题提出好几种解决办法，而且是非常不同的解决办法）。但必须适可而止。在马尔罗的作品中，从崇高和感情的意义上，问题是得到直接论述的，就像对上述的存在思想那样。这种平行论为我的目的所用。

基里洛夫

陀思妥耶夫斯基笔下的主人公一个个自审生命的意义。正是在这点上,他们是现代的,因为他们不怕当笑柄。区别现代敏感性和古典敏感性的,正是后者充满道德问题,而前者充满形而上问题。在陀思妥耶夫斯基的小说中,问题提出的强度之大,非得要有极端的解决办法不可。存在**抑或**是骗人的,**抑或**是永恒的。①假如陀思妥耶夫斯基满足于这种审视,那么他就是哲学家。可是,他把精神游戏可能在人生中所产生的后果图解出来,因此他成了艺术家。在这些后果中,他抓住的是最终的后果,即他自己在《作家日记》中所称的逻辑自杀。1876年12月的日记分册中,他确实想像出"逻辑自杀"的推理。绝望者确信,对不信永存的人来说,人生是十足的荒诞,从而得出以下结论:

> 关于幸福,既然对我的问题,通过我的意识,向我回应道,除非我在万物的和谐中才能幸福,可我设想不了,也永远无法设想,这是显而易见的……
> ……既然事情最终如此安排,我既承当起诉人角色又

承当担保人角色,既承当被告的角色又承当法官的角色,既然我从自然的角度觉得这出戏是非常愚蠢的,既然我甚至认为接受演这出戏对我是侮辱性的……

我以起诉人和担保人、法官和被告无可争议的身份,谴责这种自然,因为自然恬不知耻地随随便便让我出生来受苦——我判处自然与我同归虚无。②

这种立场还有点幽默。自杀者之所以自杀是因为在形而上方面**受到了欺负**。从某种意义上讲,他报一箭之仇。用这种方式来证明别人"征服不了他"。然而我们知道同样的主题体现在基里洛夫身上,不过更为广泛,令人赞叹,基里洛夫是《群魔》中的人物,也是逻辑自杀的信奉者。工程师基里洛夫在某处宣称他决意自己剥夺生命,因为"这是他的理念"。③我们完全明白,应当从本意上去理解这句话。他是为了一种理念,一种思想去准备死亡。这是高级自杀。逐渐一个场景接着一个场景,基里洛夫的假面具慢慢揭开,激励着他的致命思想向我们显露了。工程师确实袭用了《日记》的推理。他觉得上帝是必要的,必须有上帝存在。但他知道上帝并不存在,也不可能存在。他嚷道:"怎么你不明白,那是足以自杀的一个理

---

① 参见陀氏《作家日记》,1876年12月,第364页。
② 《作家日记》,1876年12月,第359页。
③ 《群魔》第二卷,第277页。1886年,法文版,普隆出版社。

西西弗神话

由呢？"①这种态度也在他身上同样引起某些荒诞的结果。他无动于衷地让别人利用他的自杀，为他所蔑视的事业服务。"昨天夜里我已裁决了，此事于我无关紧要了。"他终于怀着反抗和自由相杂的情感准备他的行动了。"我将自杀，以证明我的违抗，确认我新的、了不起的自由。"②问题已不再是复仇，而是反抗了。因此基里洛夫是个荒诞人物，但对此应有所保留，从本质上讲，他不自杀。对这种矛盾，他自己作出解释，以致同时揭示了最纯粹的荒诞秘密。确实，他给致命的逻辑平添了一种不同寻常的雄心，给人物开拓了广阔的前景：他决心自杀，以便成为神祇。

推理具有古典的清晰。假如上帝不存在，基里洛夫就是神祇。假如上帝不存在，基里洛夫就必须自杀，故而基里洛夫就必须为了成为神祇而自杀。这种逻辑是荒诞的，但又是必需的。令人注目的是，要赋予下凡的神明一种意义。这等于阐明这样的前提："假如上帝不存在，我就是神祇。"但此前提还是相当暧昧不明的。首先注意到炫示疯狂的抱负之辈是实实在在属于这个世界的，这很重要。为保持健康，他每天早上做体操。他为沙托夫③重逢妻子的喜悦而激动不已。在死后发现的

---

① 《群魔》第二卷第 336 页。转引自纪德：《论陀思妥耶夫斯基》，第 277 页。
② 《群魔》第二卷第 339 页。转引自纪德：《论陀思妥耶夫斯基》，第 280 页。
③ 《群魔》中的人物。

一张纸上,他企图画一张脸,正向"他们"伸舌头哩①。他稚气而易怒,激情洋溢,有条理而易感动。从超人那里,他只得到逻辑和固定理念,从世人那里则得到一切情调。然而正是他泰然地高谈他的神性。不是他疯了,就是陀思妥耶夫斯基疯了。所以使他急躁的倒不是自大狂的幻觉。而这一次,按本义去理解词语恐怕是要闹笑话的。

基里洛夫本人帮助我们理解得更好。对斯塔夫罗钦提的一个问题,他明确回答,他指的不是一种神人②。大概可以设想那是出于把自己与基督区别开来的考虑。但实际上要把基督附属于他。这不,基里洛夫想出个念头,基督死的时候**并没有回到天堂**。于是他明白,基里洛夫受酷刑是无益处的。工程师说:"自然法则使基督在谎言中生活,并为一种谎言而去死。"③仅仅在这个意义上,基督完全体现了全部人类悲剧。基督是完人,是实践了最荒诞状况的人。那就不是神人,而是人神了。就像他那样,我们每个人都可以被钉到十字架上,都可以受骗上当,在某种程度上成为人神了。

由此看来,上面涉及的神性完全是人间的。基里洛夫说:

---

① 《群魔》法译本第二卷第 340 页。
② 《群魔》第一卷第 259 页,转引自纪德:《论陀思妥耶夫斯基》,第 259 页。
③ 《群魔》第二卷第 388 页,转引自纪德:《论陀思妥耶夫斯基》,第 279 页。

"我的神性标签,已找了三年,原来是独立。"①从此以后,人们意识到基里洛夫式的前提意义:"假如上帝不存在,我便是神祇。"成为神祇,只不过在这个地球上是自由的,不为永垂不朽的生灵服务。当然,尤其是从这种痛苦的独立中得出所有的结论。假如上帝存在,一切取决于上帝,我们对上帝的意志丝毫不能违抗;假如上帝不存在,一切取决于我们②。对基里洛夫来说,如同在尼采看来,抹杀上帝就是自己成为神明,这等于在人间实现《福音书》所说的永恒生命③。

但,假如这种形而上的大逆不道足以使人完善,为什么还要加上自杀?为什么获得自由之后还要自绝离世?这是矛盾的。基里洛夫心里很明白,他补充道:"假如你感觉到这一点,你就是沙皇,就远离自杀,你就光宗耀祖了。"④但世人蒙在鼓里,感觉不出"这一点"。如同普罗米修斯时代,世人满怀盲目的希望⑤。他们需要有人指路,不可没有说教。所以,基里洛夫必须以对人类之爱去自杀。他必须向他的兄弟们指出一条康庄大道,一条艰难的路程,而他是第一个踏上这条道路的。这是一种符合教学法的自杀。为此,基里洛夫自我

---

① 《群魔》第二卷第339页,转引自纪德:《论陀思妥耶夫斯基》,第280页。
② 转述纪德:《论陀思妥耶夫斯基》,第276页。
③ 斯塔夫罗钦:"你相信彼岸的永恒生命吗?"基里洛夫:"不,但相信此岸的永恒生命。"
④ 《群魔》第二卷第338页。
⑤ "人为了不自杀才创造出上帝。这可概括迄今为止的世界史。"转引自纪德:《论陀思妥耶夫斯基》,第278页。参见《群魔》第二卷第337页。

牺牲了。假如他被钉在十字架上,他就不会是受骗上当的。他仍然是人神:确信没有前途的死亡,满怀合乎福音的悲怆。他说:"我呀,是不幸的,因为我**不得不**确认我的自由。"①但他死了,世人终于觉醒了,可这个世间的沙皇多得不得了,人类的荣光普照人间,基里洛夫的手枪声将是最高程度革命的信号。这样,不是绝望把他推至死亡,而是众人对他的爱。使一场难以形容的精神冒险在血泊中告终之前,基里洛夫说了一句话,古老得像世人的痛苦:"一切皆善。"

因此,在陀思妥耶夫斯基的作品中,自杀的主题确实是个荒诞主题。在进一步深入之前,让我们仅仅指出基里洛夫也跳进其他人物,又由他们接手展开新的荒诞主题。斯塔夫罗钦和伊凡·卡拉玛佐夫在实际生活中操作荒诞真理。基里洛夫之死使他们得以解放。他们试图成为沙皇。斯塔夫罗钦过着一种"调侃的"生活,人们对此相当清楚。他在自己的周围掀起仇恨。然而,这个人物的关键语在他的告别信中:"我对什么都恨不起来。"他是处于冷漠中的沙皇。伊凡也是,因为拒绝放弃具有精神的王权。像他兄弟那些人以他们的生活证明,要信仰就得卑躬屈膝,他可能反驳他们说,这条件是丢脸的。他的关键词是"一切皆许可",带着一种得体的忧伤情调。结果当

---

① 《群魔》第二卷第339页。

然像尼采这位抹杀上帝最著名的杀手,以发疯告终。但,这是一种该冒的风险,面对这些悲惨的结局,荒诞精神的基本动向是要问:"这证明什么呢?"

这样,小说也像《日记》中那样提出荒诞问题,设立了直至死亡的逻辑,表现了狂热和"虎视眈眈"的自由,①变得有人情味的沙皇荣耀。一切皆善,一切皆许可,什么也不可恨,这些都是荒诞判断。但,那是多么非凡的创作呀,那些如火似冰的人物使我们觉得多么亲切呀!他们内心轰鸣的世界沉醉于无动于衷,在我们看来,根本不觉得可怕。我们从中却又发现我们日常的焦虑。大概没有人像陀思妥耶夫斯基那样,善于赋予荒诞世界如此亲近又如此伤人的魅力。

然而,他的结论是什么?下列两段引言将显示完全形而上的颠倒,把作家引向另外的启示。逻辑自杀者的推理曾惹起批评家们几个异议,陀思妥耶夫斯基在后来出版的《日记》分册中发展了他的立场,得出这样的结论:"相信永垂不朽对人是那样必要(否则就会自杀),正因为这种信仰是人类的正常状态。既然如此,人类灵魂的不灭是毫无疑问的。"②另外一段,

---

① 参见加缪手记《尼布甲尼撒之梦》:那波帕拉萨尔之子,巴比伦王国(公元前605—前562)大兴土木,下令修建了巴比伦空中花园。不禁令人想起秦始皇建万里长城。
② 《作家日记》1876年12月,法文版,第367页。括号中字样为加缪所加。

在他最后一部小说的最后几页，在那场与上帝的巨大搏斗之后，孩子们问阿辽沙①："卡拉玛佐夫，宗教说，我们死后会复活，相互还能见面，是真的吗？"阿辽沙回答："当然，我们会重逢，会高高兴兴交谈所发生的一切。"

这样，基里洛夫，斯塔夫罗钦和伊凡就给打败了。《卡拉玛佐夫兄弟》回答了《群魔》。确实关系到结论。阿辽沙的情况不像梅思金公爵②那么模棱两可。后者是病人，永远是笑嘻嘻而无动于衷，这种幸福的生活常态可能就是公爵所说的永恒生命吧。相反，阿辽沙确实说过："我们会重逢。"这就与自杀和疯狂无关了。对于确信不死和快乐的人来说，有什么用呢？世人用神性交换幸福。"我们会高高兴兴交谈所发生的一切。"还是这样，基里洛夫的手枪在俄罗斯某地打响，但世界照旧转动其盲目的希望。世人没有弄懂"这一点"。

所以，向我们说话的，不是荒诞小说家，而是存在小说家。这里，跳跃依旧是动人的，艺术给了他灵感，而小说家使艺术崇高起来。这是一种认同，感人肺腑，充满怀疑，变化不定，热情似火。陀思妥耶夫斯基谈到《卡拉玛佐夫兄弟》时写道："贯穿这本书各个部分的主要问题就是我一辈子有意无意为之痛苦的问题，即上帝的存在。"③很难置信一部小说足以

---

① 卡拉玛佐夫兄弟之一。
② 陀思妥耶夫斯基的小说《白痴》中的主人公。
③ 转引自纪德专论《陀思妥耶夫斯基》，第161页。原文出处不详。

西西弗神话

把人的毕生痛苦转化为快乐的确实性。一位评论家①正确地指出：陀思妥耶夫斯基与伊凡合伙——把《卡拉玛佐夫兄弟》的章节肯定下来消耗了他三个月的努力，而他称之为"亵渎神明的话"在激昂中用了三个星期就写完了。他笔下的人物，没有一个不肉中带刺，不激怒他，不在感觉或背德中寻找药方。②不管怎样，就此存疑吧。这部作品中，半明半暗的光线比白日亮光更扣人心弦，在明暗对比中，我们能够领会人为抵抗自己的希望而拼搏。创作家到达终点时，选择了对抗自己笔下的人物。这种矛盾就这样使我们能够引入一种细腻色调。这里涉及的不是一部荒诞作品，而是一部提出荒诞问题的作品。

陀思妥耶夫斯基的回答是委曲求全，用斯塔夫罗钦的话来说就是："可耻。"相反，一部荒诞作品是不提供答案的，这是全部区别之所在。最后让我们记住：在这部作品中，驳斥荒诞的，不是作品的基督教特色，而是对未来生活的预告。人们可以既是基督徒又是荒诞人。有些基督徒不相信未来生活，是有例可循的。至于艺术作品，有可能确指荒诞分析的某种方向，可以从上文中预感到。这种方向倾向指出"《福音书》的荒诞性"，阐明一再重新活跃的理念，即信念不妨碍怀疑上帝

---

① 系指鲍里斯·德·施莱泽。
② 纪德对此发表了新奇而深刻的看法：陀思妥耶夫斯基几乎所有的人物都是多配偶的。

存在。相反，人们看得很清楚，《群魔》的作者老于此道，最后却走上完全不同的道路。创作家对他的人物出乎意料的回答，即陀思妥耶夫斯基对基里洛夫的回答，确实可以概括为一句话：存在是虚幻的，**又是**永恒的。

没有前途的创作

我意识到,希望不可能永远被回避,而有可能纠缠那些想摆脱希望的人们。这是在迄今谈及的作品中我所关注的意义。至少在创作方面,我可以列举几部真正荒诞的作品,例如麦尔维尔①的《白鲸》。但万事总有个开头吧。研究的对象是某种忠诚。教会之所以对异端分子那样严厉,仅仅因为教会认为,没有比迷途的孩子更有害的敌人了。为建立正统派教条,大胆的诺斯替教派②的历史和摩尼教③思潮的持续,比所有的祈祷加起来更有作用。按比例推断,荒诞也是如此。人们认出荒诞的道路,正是在发现偏离荒诞的道路之时。就在荒诞推理的终点,在荒诞逻辑支配下的某种态度中,重新发现希望又以哀婉动人的面目乘虚而入,这便不是无足轻重了。这表明荒诞苦行之艰难,尤其表明不断坚持的觉悟之必要,这就与本散论的一般范畴相联结了。

假如这还谈不上清点荒诞作品,至少可以对创作态度下结论了,而创作态度是可以补足荒诞存在的一种态度。艺术只能通过一种否定的思想才能如此好地得到供应。艺术隐晦而谦卑的方法对领会一部伟大的作品是非常必要的,如同黑对于白那样必需。"不为什么"而劳动而创作;用黏土雕塑;明知创作没有前途,看见自己的作品毁于一旦而同时意识到,从深处想,把创作世世代代传下去不见得更为重要,这些就是荒诞思想所准许的那种难得的智慧。边否定边激发,同时执行这两项任务,就是向荒诞创作家打开的道路。他必须向虚无奉献自己的色彩。

这导致对艺术品的一种特殊概念。人们把创造者的作品视为一系列孤立的见证,这太常见了。人们还把艺术家和文人混为一谈。一种深刻的思想是不断成长的,结合生活经验,并在其中形成。一个人独有的创造,是在以相继而繁多的面貌出现的作品中得以加强的。一些作品补充、修正或校正另一些作品,也辩驳另一些作品。一旦某种东西导致创作结束,不是失去理智的艺术发出得意而虚幻的呐喊:"我什么都说了。"而是创作家的死亡,他的死亡结束了他的经验,把他的天才封入了他的书本。

这种努力,这种超人的意识,不一定向读者显示。人类没有什么神秘可言。意志创造奇迹。但至少,没有秘密就没有真正的创作。没准儿一系列作品,可能只是同一种思想的一系列

---

① 赫尔曼·麦尔维尔(1819—1891)美国诗人和小说家,很受加缪推崇。
② 诺斯替教派是一种宗教哲学学说,后来成为一种神秘学说,流行于公元一至三世纪,以希腊为中心的地中海东部沿岸地区。
③ 由创始人摩尼(216—277)所创建的教派,主张善恶二元论。

近似。但是可以设想另一类创作家，他们可能用的是并列法。他们的作品好像互相间没有联系，在一定程度上还是相矛盾的。但，他们的作品一旦被重新放回其整体，就恢复了原来的次序，就这样从死亡获得了最终的意义，就接受了作者生命最亮眼的部分。那时，他一系列的作品只不过是一系列的失败。然而，假如这些失败全部保持同一种共鸣，创作家就会重复他自身生存状况的形象，就会使他所持有的无果实秘密引起反响。

在这里，控制力是巨大的。但人的智力足以作出更大的努力。智力只表明创造有意识的面目。我在别处曾强调，人类意志除了保持意识别无其他目的。但没有纪律是行不通的。与忍耐派、清醒派等各流派相比，创造派最为有效，也是人类唯一尊严的见证，令人震撼：执著地反抗人类自身的状况，坚持不懈地进行毫无结果的努力。创作要求天天努力，自我控制，准确估量真实的界限，有分有寸，有气有力。这样的创作构成一种苦行。这一切都为"无为"，都为翻来覆去和原地踏步。也许伟大的作品本身并不那么重要，更重要的在于要求人经得起考验，在于给人提供机会去战胜自己的幽灵和更接近一点赤裸裸的现实。

请不要误判美学。这里所援引的，不是对一个论题作耐心的调查，作不间断而无结果的阐明。如果我把看法表明得清清楚楚，结果正好相反。主题小说，即用来证明的作品，是最令人憎恶的，这种作品借鉴于一种**踌躇满志**的思想。人们以为把握住的真理，是要表现出来的。但推出来的却是一些理念，而理念是思想的对立面。这些创作家是些羞怯的哲学家。我述说的或想像的创作家相反是些清醒的思想家，在思想返回自身的某个阶段，他们把自己作品的形象树立为象征，明显带有一种限定的、致命的、造反的思想。

他们的作品也许证明某种东西。但这些证据，小说家留于自用多于提供。重要的是，他们在具体中取胜，并且这正是他们的伟大之处。这种有血有肉的胜利是由一种思想为他们准备，而抽象能力在这种思想中是受到屈辱的。一旦抽象能力委曲求全，创作立即生辉，使荒诞大放光芒，是反讽的哲学产生了激情洋溢的作品。

一切摒弃大一统的思想都激励多样性。而多样性则是艺术的轨迹。唯一能解放精神的思想是让精神独处的思想，这种精神对自身的局限及其下一个目的确信无疑。任何主义都吸引不了它。精神等待着作品和生命的成熟。作品一旦脱离精神，便将再一次让人听到一个几乎振聋发聩的声音，那是永远解除希望的灵魂所发出的；抑或，什么声音都不让发出来，如果创作家对自己的游戏厌倦了，硬想改弦易辙。两者是相等的。

总之，我对荒诞创作的要求相当于我对思想的要求，诸如造反、自由和多样性。荒诞创作事后将显示深刻的无效用性。

在日复一日的努力中，智力和激情互相掺杂，互相提携，荒诞人从中发现一种学科训练，将成为他的力量的重要部分。必要的用心、执著和洞察，就这样与征服的态度汇合了。创作，就这样为其命运提供了一种形式。对于各色人物来说，他们所在的作品将他们确定下来，至少相当于他们确定了自己所在的作品。演员让我们懂得：在表象与存在之间没有界线。

再重复一遍。这一切没有任何实在的意义。在这条自由的道路上，还要努力进取。创作家或征服者，这些沾亲带故的智者，他们最后的努力是善于从他们的事业中解放出来：最终承认作品本身，无论是征服，是爱情或是创作，都可以不存在，从而了结个体一生的深刻无用性。这甚至使他们更容易完成作品，就像发现生活的荒诞性使他们有可能毫无节制地投入荒诞的生活。

剩下的就是命运了，其唯一的出路是必死无疑。除了死亡这唯一的命定性，一切的一切，快乐也罢，幸福也罢，一切皆自由。世界依旧，人是唯一的主人。约束他的，是对彼岸的幻想。他的思想结局不再是自弃自绝，而是重新活跃起来，变成一幅幅形象。思想栩栩如生，活跃在神话中。但神话的深刻莫过于人类痛苦的深刻，于是神话像思想那样无穷无尽。不是逗乐人蒙蔽人的神化寓言，而是人间的面貌、举止和悲剧，其中凝聚着一种难得的智慧和一股无前途的激情。

西西弗神话

诸神判罚西西弗，令他把一块岩石不断推上山顶，而石头因自身重量一次又一次滚落。诸神的想法多少有些道理，因为没有比无用又无望的劳动更为可怕的惩罚了。

假如相信荷马的说法，西西弗是最明智最谨慎的凡人。但按另一种传说，他却倾向于强盗的勾当。我看不出两者有什么矛盾。有关他在地狱作无用劳动的原因，众说纷纭。首先有人指责他对诸神有些失敬。他泄露了诸神的秘密。阿索波斯①的女儿埃癸娜让朱庇特②劫走了。父亲为女儿的失踪大惊失色，向西西弗诉苦。西西弗了解劫持内情，答应把来龙去脉告诉阿索波斯，条件是后者要向哥林多③小城堡供水。他不愿受上天的霹雳，情愿要水的恩泽，于是被打入地狱。荷马还告诉我们，西西弗事先用铁链锁住了死神。普路托④忍受不住自己帝国又荒凉又寂静的景象，便催促战神将死神从胜利者的手中解脱出来。

也有人说，西西弗死到临头，还要冒冒失失考验妻子的爱情。他命令妻子将其尸体抛到广场中央示众，但求死无葬身之地。后来西西弗进入地狱安身，但在那里却受不了屈从，与人类的爱心太相违了,一气之下,要求回人间去惩罚妻子,普路托竟允准了。一旦重新见到人间世面,重新享受清水、阳光、热石和大海,就不肯再返回黑暗的地狱了。召唤声声,怒火阵阵,警告频频,一概无济于事。西西弗面对着海湾的曲线、灿烂的大海、大地的微笑,生活了多年。诸神不得不下令了。墨丘利[5]下凡逮捕了大胆妄为的西西弗,剥夺了他的乐趣,强行把他押回地狱,那里早已为他准备了一块岩石。

大家已经明白,西西弗是荒诞英雄。既出于他的激情,也出于他的困苦。他对诸神的蔑视,对死亡的憎恨,对生命的热爱,使他吃尽苦头,苦得无法形容,竭尽全身解数却落个一事无成。这是热恋此岸乡土必须付出的代价。有关西西弗在地狱的情况,我们一无所获。神话编出来是让我们发挥想像力的,这才有声有色。至于西西弗,只见他凭紧绷的身躯竭尽全力举起巨石,推滚巨石,支撑巨石沿坡向上滚,一次又一次重复攀登;又见他脸部绷紧,面颊贴紧石头,一肩顶住,承受着布满黏土的庞然大物;一腿蹲稳,在石下垫撑;双臂把巨石抱得满满当当的,沾满泥土的两手呈现出十足的人性稳健。这种努

---

[1] 希腊同名河流的河神。其女儿埃癸娜被宙斯劫走。
[2] 朱庇特,罗马神话中的天神,相当于宙斯。
[3] 希腊南部港口城市,《新约》中译为哥林多,现名为科林斯。
[4] 又名哈得斯,是地狱和冥国的统治者。
[5] 希腊神话中的赫尔墨斯,宙斯的传旨者,诸神的使者。在罗马神话中则是商人的庇护神。

力，在空间上没有顶，在时间上没有底，久而久之，目的终于达到了。但西西弗眼睁睁望着石头在瞬间滚到山下，又得重新推上山巅。于是他再次下到平原。

我感兴趣的，正是在回程时稍事休息的西西弗。如此贴近石头的一张苦脸，本身已经是石头了。我注意到此公再次下山时，迈着沉重而均匀的步伐，走向他不知尽头的苦海。这个时辰就像一次呼吸，恰如他的不幸肯定会再来，此时此刻便是觉醒的时刻。他离开山顶的每个瞬息，他渐渐潜入诸神洞穴的每分每秒，都超越了自己的命运。他比所推的石头更坚强。

这则神话之所以悲壮，正因为神话的主人公是有意识的。假如他每走一步都有成功的希望支持着，那他的苦难又从何谈起呢？当今的工人一辈子天天做同样的活计，其命运不失为荒诞。但他只有在意识到荒诞的稀有时刻，命运才是悲壮的。西西弗，这个诸神的无产者，无能为力却叛逆造反，认识到自己苦海无边的生存状况，下山时，思考的正是这种状况。洞察力既造成他的烦忧，同时又耗蚀他的胜利。心存蔑视没有征服不了的命运。

就这样，下山在有些日子是痛苦的，在有些日子也可能是快乐的。此话并非多余。我想像得出，西西弗返回岩石时，痛苦才方开始呢。当大地万象太过强烈地死缠记忆，当幸福的召唤太过急切，有时忧伤会在人的心中油然升起：这是岩石的胜利,也是岩石的本色。忧心痛切太过沉重,不堪负荷,等于是我们的客西马尼之夜①。但占压倒优势的真理一旦被承认也就完结了。因此,俄狄浦斯起先不知不觉顺应了命运,一旦知觉,他的悲剧就开始了。但就在同一时刻,他失明了,绝望了,认定他与这个世界唯一的联系,只是一位姑娘娇嫩的手。于是脱口吼出一句过分的话:"尽管磨难多多,凭我的高龄和高尚的灵魂,可以判定一切皆善。"②索福克勒斯笔下的俄狄浦斯,正如陀思妥耶夫斯基笔下的基里洛夫,就这样一语道出了荒诞胜利的格言。古代的智慧与现代的壮烈不谋而合了。

如果没有真想写幸福教程之类的东西,是发现不了荒诞的。"咳!什么,路子这么狭窄吗?……"是啊,只有一个世界嘛。幸福和荒诞是共一方土地的两个儿子,是难分难离的。说什么幸福必然产生于荒诞的发现,恐怕不对吧。有时候荒诞感也产生于幸福之中。"我断定一切皆善,"俄狄浦斯说。此话是神圣的,回响在世人疑惧而有限的天地中。此话告诫一切尚未穷尽,也不会穷尽。此话将一尊神从人间驱逐,因为该神是怀着不满和无谓痛苦的欲望进入人间的。此话把命运化作人事,既是人事,就得在世人之间解决。

---

① 耶路撒冷橄榄山下一庄园名,据《新约全书》记载,被犹大出卖的耶稣,乘门徒们熟睡时在此祷告,次日被捕受难。
② 此话并非同一时刻说的,而是在许多年之后。另外,这也不是索福克勒斯的原话,而是概括了两处不同时间说的话。加缪此处援引和归纳一些后人的著作论述。

西西弗沉默的喜悦全在于此。他的命运是属于他的。岩石是他的东西。同样,荒诞人在静观自身的烦忧时,把所有偶像的嘴全堵上了。宇宙突然恢复寂静,无数轻微的惊叹声从大地升起。无意识的、隐秘的呼唤,各色人物的催促,都是不可缺少的反面和胜利的代价。没有不带阴影的阳光,必须认识黑夜。荒诞人说"对",于是孜孜以求,努力不懈。如果说有什么个人命运,那也不存在什么高高在上的命运,或至少存在一种荒诞人断定的命运,那就是命中注定的命运,令人轻蔑的命运。至于其他,他知道他是自己岁月的主人。在反躬审视自己生命的时刻,西西弗再次来到岩石跟前,静观一系列没有联系的行动,这些行动变成了他的命运,由他自己创造的,在他记忆的注视下善始善终,并很快以他的死来盖棺定论。就这样,他确信一切人事皆有人的根源,就像渴望光明并知道黑夜无尽头的盲人永远在前进。岩石照旧滚动。

我让西西弗留在山下,让世人永远看得见他的负荷!然而西西弗却以否认诸神和推举岩石这一至高无上的忠诚来诲人警世。他也判定一切皆善。他觉得这个从此没有救世主的世界既非不毛之地,抑非渺不足道。那岩石的每个细粒,那黑暗笼罩的大山每道矿物的光芒,都成了他一人世界的组成部分。攀登山顶的拼搏本身足以充实一颗人心。应当想像西西弗是幸福的。

补编 I

弗兰茨·卡夫卡作品中的希望与荒诞

原出版者按语：

这篇研究弗兰茨·卡夫卡的论著作为附录在此发表，而在《西西弗神话》第一版中曾被《陀思妥耶夫斯基与自杀》那一章所取代，但1943年由《弩》杂志发表了。

从另一个角度来看，我们将重新发现对荒诞作品的批评，而这种批评，加缪早已在论述陀思妥耶夫斯基的篇章中进行过了。

卡夫卡的全部艺术在于迫使读者一读再读。其作品的结局，抑或缺乏结局，都意味着言犹未尽，而这些弦外之音又含糊不清，为了显得有根有据，就要求把故事从新的角度重读一遍。不时有两种解读的可能，因此看来有必要阅读两次。这正是作者所求的。但硬想把卡夫卡作品的细节全部解释清楚，恐怕就不对了。象征总是笼统的，不管把象征解说得多么确切，艺术家只能复现象征的生动性，依样画葫芦的复现是不行的。反正没有比领会象征作品更困难的了。一个象征总是超越使用这个象征的艺术家，使他实际上说出的比他存心表达的更多。

在这一点上，抓住象征最可靠的办法，是不要诱发象征，以不协调的意图解读作品，而不要穷究作品的暗流。尤其读卡夫卡，顺应他的手法，以表象切入悲情，以形式切入小说，是说得过去的。

一个洒脱的读者乍读时便会看到令人不安的奇事，其中一些人物惶惶不可终日，固执地琢磨着他们永远剪不断理还乱的问题。在《诉讼》①中，约瑟夫·K是被告。但他不知道被告什么。他没准儿想为自己辩护，但全然不懂为什么。律师们觉得他的案子难办。其间，他没有耽误饮食男女，也没有忽略读报。后来被判了。但法庭光线昏暗。他颇为莫名其妙。只是假设被判了，但被判了什么，几乎没往心上去。有时他满以为不是那么回事儿，继续把日子过下去。很久以后，两位衣冠楚楚文质彬彬的先生来找他，请他跟他们走。他们礼貌十分周全，带他到郊外一个绝处，把他的头摁在一块石板上，掐死了。被判死前只吐了句："像条狗。"

由此可见，一篇记叙里最突出的优点恰巧是自然，很难扯得上象征。自然是难以理解的一种类别。有些作品，读者似乎觉得里面发生的很自然，但在另一些作品里（确实更少见了），倒是人物觉得所遇之事很自然。有一种奇特而明显的反常现象，即人物遭遇越非同寻常，记叙就越显得自然：人生越奇

---

① 《诉讼》(1925)，卡夫卡(1883—1924)代表作之一。

特，世人对这种奇特的认同就越痛快，我们可以感知两者的差距是成正比的。好像这种自然就是卡夫卡的那种自然。这正是我们切实感到《诉讼》的本意。有人谈起过人生状况的一种形象。姑妄听之。但事情既简单得多又复杂得多。我的意思是，卡夫卡的小说含意更加特殊、更有个性。从某种尺度来看，他替我们忏悔时，却是他在说话。他活着，所以被判定了。他在这部小说开始几页就体察到了，他本人在人间经历了这部小说，即使设法补救，也不大惊小怪。他永远不会因为缺乏大惊小怪而大惊小怪。通过这些矛盾，我们认出荒诞作品的初步征兆。智者将其精神悲剧具体地凸显出来，只能运用一以贯之的反常现象来实现，这种反常现象才得以对虚空的表现力具有色彩，对永恒追求的表现力具有平常的举动。

同样，《城堡》也许是一部行为神学，首先是灵魂寻求拯救的个体奇遇，包括世人探求世间物件的崇高秘密，也包括男子苦求女子潜于玉体的仙人迹象。而《变形记》肯定表现了明辨伦理学一系列可怖的形象。但也是人在发现自己不费吹灰之力便成为禽兽时那种令人莫名惊诧的产物。卡夫卡的秘密就在于这种根本性的似是而非。自然与异常，个体与一般，悲情与平凡，荒诞与逻辑，它们之间的永久摇摆，贯穿卡夫卡的全部作品，既使作品富有意义，又使作品引起共鸣。要想理解荒诞作品，必须列举上述反常现象，必须强化上述种种矛盾。

确实，一个象征意味着两个方面，即两个理念与感觉的世界以及一部沟通这两个世界的词典。把这个词汇表列出来是最难最难的了。但意识到赫然出现的两个世界，等于投身探测两者之间的秘密关系。卡夫卡作品中有两个世界，一个是日常生活的世界，另一个则是充满极度不安的世界。请注意，我们可以用同样合情合理的方式从社会批判角度来解释卡夫卡的作品，比如《诉讼》。再说很可能别无选择。两种解释都对。用荒诞术语来说，我们已见到过了，针对世人的反抗也是针对上帝的：伟大的革命永远是形而上的。这里我们似乎又碰到尼采的话取之不尽的解释，即"大问题比比皆是"。

在人生状况中既存在一种根本性的荒诞，也存在一种严峻性的伟大，这是一切文学的老生常谈。两者巧遇，天然成趣。换言之，两者都以可笑的离异自居，把我们心灵的无时限性与肉体的易消失的快乐分离开来。荒诞，就是因为肉体的灵魂超越了肉体十万八千里。谁想表现这种荒诞性就必须把两个平行的对立面玩得有声有色。卡夫卡就这样以平凡表达悲情，以逻辑表达荒诞。

演员扮演悲剧人物，越是力戒夸张，就越能注入活力。如果他演得有分寸，他激起的惊恐就会越出分寸。希腊悲剧在这方面教益丰富。在一部悲剧作品中，命运在逻辑性和自然性的面目下越来越明显可感。俄狄浦斯的命运是被预告天下的。上天决定他将犯下谋杀和乱伦罪。剧本旨在全方位揭示逐渐消除主人公不幸的逻辑系统。仅仅宣告这种非同寻常的命运,并非令人惊恐,因为这不像会发生的事情。然而,假如这种命运的必然性一旦通过日常生活、社会、国家、亲切的情感向我们揭示,那惊恐就有根有据了。震撼人心的反抗使人脱口而出"这不可能",其中则已经包含绝望的确信:"这"是可能的。

这是希腊悲剧的全部秘密,抑或至少是一个方面的秘密。因为有另一方面的秘密,那就是以相反的方法使我们更好地理解卡夫卡。人心有一种不良的倾向,即只把摧残人心的东西称作命运。而幸运也以自身的方式表现得没有根据,因为幸运来了,躲也躲不开。然而,现代人一旦遇到幸运,便贪天之功据为己有。希腊悲剧多有得天独厚的命运,古代传说多有宠儿,比如尤利西斯,他们陷入最凶险的遭遇却都自救了,关于这些,都是可以大书特书的。

总之,应当记住的,正是这种隐秘的复杂关系,即在悲情中把逻辑性和日常性结合起来的关系。正因为如此,《变形记》中的主人公萨姆沙成了个旅行推销商。正因为如此,在把他变成甲虫的离奇遭遇中,唯一使他烦忧的事情,就是他的老板会因他缺勤而不高兴的。他长出爪子和触须,脊椎弓了起来,腹部白点斑斑,我不能说这不使我吃惊,效果未必如此,但这确实引起他一阵"淡淡的忧愁"。卡夫卡的全部艺术就在于这种细微的差别。在他的中心作品《城堡》中,是日常生活的细枝末节占了上风,而在这本奇怪的小说中,一切都没有结果，一切都重新开始；这是一个灵魂为寻求已经显示过的那种拯救而从事的基本冒险。这种把问题图解为行为，这种一般与个别的巧合，也可见之于一切大手笔的小手法中。《诉讼》的主人公本来就可以叫做施密特抑或弗兰茨·卡夫卡，但他叫约瑟夫·K……不叫卡夫卡，可也是卡夫卡。他是一般的欧洲人，置身芸芸众生之中。但K也确是实体，是某个有血有肉的等值。

同样，卡夫卡之所以要表达荒诞，是因为前后一致性将对他有用。我们都知道傻子在浴缸里钓鱼的故事，正琢磨着精神病疗法的医生问他："上钩了，嗯？"却得到毫不客气的回答："没有呢，笨蛋，这明明是浴缸嘛。"这个故事属于荒唐一类。但我们从中明显看出荒诞的效果与逻辑上如此过分的相连。卡夫卡的世界实际上是说不清道不明的一片天地，那里，人沉溺于用浴缸钓鱼来折磨自己，明明知道毫无结果。

因此，这里我认出符合卡夫卡原则的一部荒诞作品。就拿《诉讼》为例，我可以说，成功是圆满的。肉体胜利了。什么也不缺呀，不缺尽在不言中的反抗（但正是反抗推动写作），不缺清醒而缄口的绝望（但正是绝望推动创造），不缺令人吃惊的格调自由，小说的各式人物直到在劫难逃而死亡，始终享有这种自由。

不过，世界并不像表面显示的那样封闭。这个没有进步的天地里，卡夫卡以一种奇特的形式引进希望。在这方面，《诉讼》和《城堡》路子不同，但相辅相成。从一部作品到另一部作品可以感觉到微小的演进，表现在逃避上取得极大的成功。《诉讼》提出的问题，某种程度上在《城堡》里得到了解决。前者按照一种几乎科学的方法来描写，但不作结论，后者在某种程度上加以解释。《诉讼》诊断病情，而《城堡》想像疗法。但这里所推荐的药方治不了病，只不过使疾病回到正常的生活中，去帮助人们接受疾病。某种意义上（不妨想一想克尔恺郭尔），药方叫人喜欢上疾病。土地测量员K一心想像为之坐立不安的忧虑，却想像不出还有其他忧虑。他周围的人也迷上了这种空虚，迷上了这种莫名的痛苦，好像痛苦在作品中具有一种得天独厚的面目。"我多么需要你，"弗丽达对K说，"自从我认识你以来，只要你不在我身边，我就觉得被遗弃了。"这种微妙的药方使没有出路的世界产生希望，这种突如其来的"跳跃"使一切为之改观，这是存在革命的秘密，也是《城堡》本身的秘密。

很少有作品在步调上像《城堡》那样严峻得一丝不苟。K被委任为城堡土地测量员，为此他来到村庄。但从村庄到城堡根本无法通行。于是连篇累牍几百页，K锲而不舍地寻找道路，采取各种手段，施小计测旁道，从不气馁，怀着一种令人叫绝的信念，硬是要担任人家委任于他的职务。每一章都是一次挫败，也是一次从头开始。虽不合逻辑，但坚韧不拔。正是这种执拗的劲头造成了作品的悲情。K往城堡打电话，听到嘈杂的声音，模糊的笑声，遥远的呼唤。这足以维系他的希望，犹如夏日的天空出现某些征兆，或如黄昏之约，给了我们活下去的依据。我们在这里发现卡夫卡特有的忧伤秘诀。实际上，同样的忧伤在普鲁斯特作品或在普洛丁的景物中也感觉得到：怀念失去的天堂。奥尔嘉说："巴纳贝早上对我说，他要去城堡，我听了十分惆怅，因为很可能白跑一趟，很可能白过一天，很可能白抱希望。""很可能"，卡夫卡把全部作品都压在这个微妙的调门上。但根本没有到位，对永恒的追求在作品中是谨小慎微的。而卡夫卡的人物就像有灵感的机器人，活脱脱就是我们自己的写照，就像我们自己被剥夺了消遣，全身心地蒙受神明的侮辱。在《城堡》中，按帕斯卡尔所说的"消遣"，好像是通过"助理们"表现出来的，"转移"了K的烦忧。弗丽达之所以最终成为其中一位助理的情妇，是因为她喜欢假象胜过真理，喜欢日常生活胜过与人分担的焦虑。

还是在《城堡》中，屈从平凡变成了一种伦理。K最大的希望，就是获得"城堡"的接纳。既然他单独一人做不到，他便竭尽全力要对得起这份恩宠，如变成村庄的居民，又如抛掉外地人的身份，因为人人都让他感到他是异乡人。他所求的是有份职业，建个家庭，过正常和健康人的生活。他再也受不了自己的疯魔，决意合乎情理。他很想摆脱使他成为村庄局外人的奇怪诅咒。在这一点上，与弗丽达勾搭的那段插曲很说明问题。这个女人早已认识城堡的一位官员，他之所以把她当情妇，是为了她过去的缘故。他从她身上汲取某些超越于他的东西，同时也意识到她身上攀配不上城堡的东西。不妨想一下克尔恺郭尔对雷吉娜·奥尔森奇特的恋情。在某些男人身上，吞噬他们的永恒之火是很灼热的，足以把周围熟人的心一起烧焦。要命的错误在于把不属于上帝的也归于上帝，《城堡》的上述插曲也用了这个主题。而对卡夫卡而言，这似乎不是什么错误，而是一种教义和一种"跳跃"。根本没有不属于上帝的东西。

还更能说明问题的是，土地测量员脱离弗丽达，去追巴纳巴斯姐妹。因为巴纳巴斯一家是唯一完全被抛弃的家庭，既被城堡抛弃了，也被村庄抛弃了。姐姐阿玛丽亚拒绝一位城堡官员可耻的求欢。于是诅咒她背德随之而至，永远把她排斥出上帝的怜爱。不为上帝丢弃自己的荣誉，就不配上帝的恩宠。我们从中认出存在哲学常有的主题：真理对立于道德。这里说来话长。因为卡夫卡的主人公所走的道路，从弗丽达到巴纳巴斯姐妹所走的道路，就是从信赖的爱到荒诞的崇拜所走的道路。卡夫卡的思想在这里再一次与克尔恺郭尔的思想会合了。《记巴纳巴斯》一节放在书的末尾也就不令人感到意外了。土地测量员最后试图通过否定上帝的东西来重新找到上帝，不是依据我们善与美的范畴，而是从上帝的冷漠、不公和憎恨所表现的虚空和可怖的面孔来认知上帝。这个请求城堡接纳的异乡人，旅居到后来更加穷途末路了，因为这时他对自己也不忠诚了，摒弃了道德、逻辑和思想真实，光凭疯魔般的希望，试图进入神明庇护的荒漠①。

希望一词在此并不可笑。相反，卡夫卡所报道的境况越具悲情，这种希望就越加强硬，越具挑战性。《诉讼》越荒诞得彻底，《城堡》激昂的"跳跃"就越显得触动人心和不合情理。但我们这里又纯粹碰上存在思想的悖论，正如克尔恺郭尔所说："我们必须摧毁人间的希望，才能以真正的希望自救。"②不妨把此话诠释过来：为了着手创作《城堡》，必须先写《诉讼》。

确实，谈论卡夫卡的人多半将其作品定为绝望的呐喊，因为不给人留下任何挽回的余地。但此话需要修正。希望复希望，希望何时了。昂里·波尔多③乐观主义的作品令人特别沮丧。因为此公的作品根本不理睬性情有点乖僻的人。反之，马尔罗的思想总是那么令人振奋。但上述二公的情况，既非相同的希望，亦非相同的绝望。我只注意到，荒诞作品本身可能导

---

① 此话仅指卡夫卡给我们留下的未完成稿而言。要不然，作者可能会在最后几章打破小说的统一风格，就此存疑吧。
② 引自克尔恺郭尔《心灵的纯洁性》。
③ 昂里·波尔多（1870—1963），法国作家。

致我想避免的无诚信。作品一味重复,而不去孕育一种不结果的境况,一味洞若观火地颂扬过眼云烟的东西,就成为幻想的摇篮了。作品作出解释,把形态赋予了希望。创作家再也摆脱不开了。作品不得不成为悲情游戏,而实际上并不一定是悲情游戏。作品反而使作者的生命获得一种意义。

不管怎么说,令人称奇的是,卡夫卡、克尔恺郭尔和谢斯托夫的作品异曲同工,简言之,存在小说家和哲学家的作品,完全转向荒诞,殊途同归,最后都发出希望的呐喊,振聋发聩。

他们拥抱上帝,而上帝却吞噬他们。希望谦卑地溜进来。因为这种存在的荒诞确保他们接触一点超自然的现实。假如这种生活的道路通向上帝,那就有出路了。克尔恺郭尔、谢斯托夫和卡夫卡的主人公们重复他们的行程,其执著和顽固奇特地保证了这种振奋人心的确信力。《城堡》中唯一不抱希望的人物是阿玛丽亚。土地测量员最强烈反对的就是她。

卡夫卡摒弃上帝所谓伟大的道德、不言自明的道理、善良的心肠、前后一贯性,为的是更热切地投入上帝的怀抱。荒诞于是被承认了,被接受了;世人逆来顺受,从此刻起,我们就知道荒诞不再是荒诞了。处在人类状况的极限,还有比有可能逃脱人类状况更大的希望吗?我再次看出,与一般常见的相反,存在思想充满无节度的希望,这种思想本身就是以原始基督教和救世福音来翻腾旧世界的。但在以一切存在思想为特性的跳跃中，在这种顽强的执著中，在对一种不露脸的神明估量中，怎么会看不出一种自我摒弃的清醒标记呢？人家只要求打掉自傲便可得救哇。这种弃绝会有硕果的。但顾此是会失彼的。在我看来，把清醒明察说成像一切傲慢那样毫无结果，并不降低其道德价值。因为真理也是一样，从根本定义上讲，是结不了果实的。所有不言自明的事情都一样。在一切都具备而什么也没讲清楚的世界里，价值或形而上的丰硕性是毫无意义的概念。

不管怎样，卡夫卡的作品列入怎样的思想传统是一目了然的。确实，把《诉讼》过渡到《城堡》视为严密的步骤，恐怕是聪明的。约瑟夫·K和土地测量员K仅仅是吸引卡夫卡的两极。关于卡夫卡思想的两个方面，请比较《在狱中》和《城堡》，前者："罪过（请理解为人的罪过）从来无可怀疑"，后者（摩麦斯的报告）："土地测量员的罪过是难以确定的"。我不妨鹦鹉学舌，用他的话说，他的作品很可能不是荒诞的。但这不排除我们认为他的作品伟大和具有普遍意义。这种伟大和普遍意义来自他善于广泛地表现从希望到极度恐慌日复一日的过渡，从无望的明智到自愿的盲从日复一日的过渡。他的作品具有普遍意义（一部真正荒诞的作品是不具备普遍意义的），因为逃避人类的人在其作品中表现出激动人心的形象，其人在其信仰依据的矛盾中汲取对丰硕性的绝望抱有希望的依据，把生命称之为他对死亡所作出的可怕预习。卡夫卡的作品具有普遍意义，因为得到了宗教的启示。人的生活重负得以在宗教里释放，一切宗教无不如此。如果说我清楚这一点，如果说我也能欣赏，我也知道我寻求的，不是具有普遍意义的东西，而是真实的东西。两者可能不会萍水相逢吧。

假如我说真正令人绝望的思想恰恰是由对立的标准来确定的，假如我说悲剧性作品在排除一切未来的希望之后，可以是描写幸运儿生活的作品，那么对上述看法就会理解得更好。生命越振奋人心，丢失生命的想法就越荒诞。这也许是人们从尼采的作品中感受到的那种高妙不孕性之秘密吧。在这样的思想架构中，尼采好像是唯一从大写的荒诞美学得出终极结论的艺术家，因为他最后发出的启示带着一种咄咄逼人的清醒明察，虽然这得不出结果，但这种启示执著地否定一切超自然的慰藉。

以上论点足以揭示卡夫卡作品在本篇散论中的头等重要性。我们被他的作品带到人类思想的边陲。从充分的意义上来看，可以说在他的作品里，一切都是有本质性的。反正他的作品把荒诞问题整个儿端出来了。我们要是把这些结论与我们最初的看法相对照，把内容与形式相对照，把《城堡》的隐秘含义与其借以铺展的自然朴实的艺术相对照，把K一往情深而桀骜不驯的探求与涉足其间的日常背景相对照，就会懂得卡夫卡的伟大是怎么回事了。因为如果说怀念是人性的标志，那或许谁也没有给过这些怨恨的幽灵们那么多的血肉和重视了。但同时我们也将懂得荒诞作品要求怎样奇特的伟大，而这种伟大在卡夫卡的作品里或许没有。如果说艺术的特质是把一般与个别相联结，把一滴水可摧毁的永恒与水珠莹莹的闪光相联结，那么评估荒诞作家的伟大可依据他在这两个世界之间所善于引进的距离，是更为切实的了。荒诞作家的秘密是善于找到这两个世界在最大的不协调时所会合的确切点。

说实在的，这种人与非人性的几何切点，纯洁的心灵到处都会觉察到。《浮士德》和《堂吉诃德》之所以是艺术的杰出创作，是因为纯洁的心灵用人间的双手向我们指明无限的伟大。然而，精神否定人间双手可能触及真理的时刻总会到来。还有这样的时刻，创作不再被悲情化，而仅仅被严肃对待。于是世人便关心希望了。但这又与世人不搭界。世人的事情是躲避虚与委蛇的遁词。而卡夫卡向全宇宙发出慷慨激昂的讼诉。到了最后，我碰到的却是虚与委蛇的遁词。这丑恶而张狂的世界，连鼹鼠都搅和进来奢谈希望，卡夫卡令人难以置信的判决，到头来却把这个世界无罪释放了。

上述建议，明显是对卡夫卡的作品作的一种解释。但要补充一句才为公平，不管作出何种解释，从纯美学角度去考量他的作品也是可以的。譬如，格勒图森为《讼诉》所作的精彩序言，比我们明智得多，他只限于单单追随他称之为"被惊醒的睡者"的痛苦想像，发人深省。这部作品的命运，或许这部作品的伟大，正是把一切都献出来了，却对什么也没有确认。

补编 II

关于胡塞尔和克尔恺郭尔

从胡塞尔的抽象上帝到克尔恺郭尔的闪烁上帝，距离并不太大。在这两种情况下，世界是被诠解的，个体是被和解的。不管有理智能力还是无理智能力，如果惊异两者可能导往相同的预言，那必定是缺乏感知能力。在胡塞尔的天地里，世界是变化的，世人所挂心的清醒诉求则落空了。在克尔恺郭尔的启示文学中，对清醒的要求应当是自我摒弃，如果他想坐实满足的话。罪过不在于有经验（在这一点上，人人皆无辜），还是渴望有经验。在这两个世界里，秃鹫都是喂得饱饱的。

存在哲学在于承认和认同荒诞。然而，如此立足的荒诞只要求被承认，却不要求被认同。荒诞恳求固定的视线。存在思想在投向上帝的那一刻变成荒诞，以致变得踌躇满志。所发生的种种矛盾仅为笔战游戏。相反，大写荒诞的要点却是不可踌躇满志的。在这个意义上，任何哲学家一概顺应不了单枪匹马面对最终矛盾。预言的时刻依旧来临。此处正是荒诞思想大模糊的死结，如果问题涉及非理性。因为，非理性倒成了混乱而自我否定的理性，以致使理性不留痕迹。荒诞是确认其极限的清醒理性。

其他一切立场意味着精神对其眷清之物的规避和退缩,意味着固守消遣哲学的各式主题。胡塞尔说要服从逃避的欲望:"逃避是生活和思想的现代习惯,处于已经家喻户晓和舒适通融的某些生存状况中。"这大概是荒诞最为深刻的观点,切实关系到通过一切存在哲学或现象哲学的最终跳跃所引起的自相矛盾问题。然而,跳跃并未显现克尔恺郭尔所希望的那种极端危险,只不过是一种鸵鸟政策,问题的人文方面倒是触及到了。危险位于跳跃前的敏感瞬时。选择驻足于令人眩晕的尖脊才是问题的要害。敢冒体验风险,不仅关系到沙龙冒险家们所提供的严密诠释,而且怀着自知之明地生活那种更为罕见的勇气,怀着不必凭"跳跃"就可溜之大吉的勇气,还得"坚守"一种精神状况,任凭疯魔随时随刻钻进来的勇气。这种过渡、这种退却、这种崩塌,所有的哲学,涉及这个问题,都是很敏感的。谈起雅斯贝尔斯,其身前最后的评述者 J H[①] 写道:"在如此这般的形态下,生活是不可能的。"她概括雅斯贝尔斯某个观点时写道:"当人们处在被种种失败毁坏的世界上,只好彻底绝望地活着,只有让虚无维持下去喽。"但她笔锋一转,摘录雅斯贝斯的一句反问:"失败在超越一切解释和一切可能

---

① J H:系指雅娜·赫舒(Jeanne Hersch, 1910—2000),瑞士哲学家,翻译和评述且注释其思想导师卡尔·雅斯贝尔斯,其代表作是《哲学幻想》(1935)。此处引自该书第 178 页,瑞士阿尔康出版社。

的阐述时,难道不能指明并非虚无而是超验性的存在吗?"这种奇特的推理使一切豁然开朗,之所以动人心弦,确实因为这个推理是不合理的,就是说它包含着一种信仰的意志和一种闭目塞听的哲学。

综上所述,可以理解为时代对存在哲学有着紧迫感。很少世纪像我们的世纪这样既如此不幸又如此聪悟。我们的世纪能够懂得一切形式的思想,建立在矛盾和现实荒诞性之上。但也很少世纪比我们的世纪更卑怯。尼采对衰落所做的哲学分析在这方面依然保留其全部价值。沉陷于屈辱、乐极于不再存在、自我否定而使所谓高等的我得益,对这一切,我们的时代已经准备就绪去熟悉去赞扬了。

诚然,力不从心从未给过克尔恺郭尔这样的灵感,使他具有如此美好如此动人的特殊风格。尽管力不从心在谢斯托夫无动于衷的面貌中占有地位,但不能证明一切都合情合理。在这种情况下,什么也不必求全责备了。我们观察到:这个时代虽然不善于睁大眼盯着啄噬时代的秃鹫,却迎来了伟大的哲学,因为发现了秃鹫施虐而深得人心,从而投身于上帝,就像投入打赌,并不愉快,却叹息一声,如释重负。

敬 告

(《西西弗神话》1939—1940 年版本)

下列篇章有一些临时性的东西,所论述的荒诞,严格地说本世纪并未经历,但荒诞的倾向性倒可散见于我们时代的举止行为。因此,指明拙著受益于当代某些智者是起码的诚实。本人意图是援引他们、评述他们,极少遮遮掩掩地贯串其间,从而突显这个时代特有的主题。只不过迄今,坐实终点的荒诞,在本散论中当作起跑线。解决精神疾病的某些办法预先就给排除了,即在纯粹状态中描写疾病。现如今,那么多的力量都有可能转移我们的问题,不如反其道而行之为好:沿着某条坚守的道路走下去。病人是在生病的境况下找到良药,而不在愚昧或避世中得到。 这就是本散论的界限以及唯一早已打定的主意。亲身经历的几次经验促使我讲清楚说明白。

致加斯东·加利马的信

(1942 年 9 月 22 日)

亲爱的先生,谨请刊登以下题解文字插页,以应某某先生之嘱：

"现代智者饱受无政府主义之苦。至于治愈，有人建议忘掉其疾病，回头是岸。他们是'回头派'，回到中世纪，回到原始心态，回到所谓'天然'生存，回到宗教，回到所有可用的陈旧解答。然而，为给这些慰藉赋予一种有效的贤德，就必然否定好几个世纪的贡献，佯作不晓得我们一清二楚的东西，假装一窍不通，抹掉不可磨灭的东西。这是不可能的。相反，本散论重视我们在流放中所获得的智慧，建议智者依附否定生存，将否定变成进步的原则，而对现代智者表示忠诚和信任。从这个意义上讲，可以把本散论仅视为定稿，一种"积极虚无主义"的预先定位。总之，权充一篇前言吧。"

又及：有人要我搞个连环画创作提纲，可以设想的标题为：《西西弗或地狱之幸福》，但这两篇文章更恰当地说仅是建议。如果您有更好的选题，就不必考虑了。我刚收到五册《陌路人》（又译《局外人》或《异乡人》）样书，多谢。我原以为您在戛纳，曾给您写信打听有关去敌占区通行证事项。我猜想您是了解情况的。有关些事，谨请回复。

诚挚恭候

阿尔贝·加缪

1942 年 9 月 22 日

致皮埃尔·博内尔的信

(1943 年 3 月 18 日)

先生：

来信收悉，很感激，谢谢。您向我提出的异议中有许多真情实况，确实，荒诞推理有许多模棱两可之处。不过请注意，拙文根本无意概括，其实只是一篇前言，描述而已，点到为止，可别见笑。这就要求做些牺牲，可以说因缩短推理而不可避免引起二三处模棱两可，后文中虽可清除，但我认为不可能全部缩减。

因为在荒诞形态下存在一种根本性矛盾，为前后不一致性赋予一种最低限度的一致性，所以在没有结果的东西中引进后果。这不，沿有最起码的逻辑就形成不了表达。一旦人们试图以某种形式赋予感受的东西，就会给体验引进"体系"。这样，荒诞问题便可归结为一种表达问题，完美的荒诞则是沉默。为什么不呢？按照这种讲法，活在世上费那么大劲干吗，但咱们一致同意设想做一些值得费劲的事情，对吧，比如说艺术或友谊。实际上还存在更为根本的问题。荒诞思想（以及无所为而为的思想）致力于排除一切价值判断而偏向于事实判断。然而，您和我，咱们知道明明不可避免的价值判断是存在的。甚而言之，有些看似好或坏的东西超越了善与恶，尤其存在我觉得美或丑的景象。人们不至于根据几个艺术秘诀而偏爱斯当达胜于乔法·奥内[①]，而且还因为美的问题一般是以他们各自的理由提出来的。荒诞表面上促使不附价值判断的生存，但生存始终以或多或少本原性的方式进行判断。

这就实际必须解决的事情。目前，本人不敢自夸能够解决，此处或别处都不行，因为这些问题必须先亲身体验。不管怎样，上述各项倘若清除不了您的异议，这说明只好任其存疑了。您瞧，尽管拙文固执己见（偏偏又是您垂爱之处），我内心却浮想联翩；甚至冒着使您失望的风险，也不能让您完全止于对我良好的印象。

不过有一点，我认为可以商讨您的异见。您写道："与您想反，我以为任何东西都不是白送的，一切都要去赢得，无论是存还是价值。"我觉得"白送"的东西其实并非价值亦非存在，而是人世、环境、背景，您说是吧。事实上，拙文不涉及在环境范围内"人们可做的事情"这类问题。我给自己保留着下回分解。拙著的深层思想则是：形而上悲观主义丝毫不会引起对世人必然的绝望，正好相反。举个切实的例子吧，我以为完全可以把荒诞哲学与顾及人类完善的政治思想联系起来，并突出其乐观主义。这是因为荒诞与人类良知比人们想像的

[①] 乔治·奥内（1848—1918），法国小说家、剧作家、政治记者，代表作为《生命的战役》，表现贵族与新生富豪之间的对立，带有浓重色彩的传统心理分析风格。

有更紧密的联系。不过,您识别出拙著对人类失去的天空津津乐道,确实言之有理。但随着思路走下去则是必然的。反正我不觉得与清醒的头脑有什么不相容的,况且按我的观点,荒诞若脱离恋念就没有意义。不过,我拒不认为在形而上范畴内一个原则的需要一定要有这个原则的存在。

先生,您的阐述引起我上述思考,有点无的放矢了。不过,我猜想您不会不进一步发挥就放弃您对无所为而为的想法吧。如果您乐于向我通告您发挥的想法,我个人始终会感兴趣的。不过您有杰出的旅伴:赫拉克利特和尼采。他们俩深信生命是一场游戏,却很难知道游戏规则!

再次感谢您的来信,其意向令我感动。请接受我亲切的问候。

阿尔贝·加缪

又及:很抱歉使用这样的信封信纸,这里什么也搞不到。

图书在版编目(CIP)数据

西西弗神话：散论荒诞 /（法）加缪（Albert Camus）著；沈志明译.
—上海：上海译文出版社，2017.8（2025.4重印）
（译文经典）
书名原文：Le Mythe de Sisyphe：Essai sur l'absurde
ISBN 978 - 7 - 5327 - 7585 - 9

Ⅰ.①西… Ⅱ.①加… ②沈… Ⅲ.①存在主义-哲学理论-法国-现代 ②随笔-作品集-法国-现代 Ⅳ.①B565.59 ②I565.65

中国版本图书馆 CIP 数据核字(2017)第 168472 号

Albert Camus
Le Mythe de Sisyphe

西西弗神话：散论荒诞
〔法〕阿尔贝·加缪 著 沈志明 译
责任编辑/冯涛 装帧设计/张志全工作室

上海译文出版社有限公司出版、发行
网址：www.yiwen.com.cn
201101 上海市闵行区号景路159弄B座
江阴市机关印刷服务有限公司印刷

开本 787×1092 1/32 印张 5.75 插页 6 字数 80,000
2017 年 8 月第 1 版 2025 年 4 月第 11 次印刷
印数：40,001—44,000 册

ISBN 978 - 7 - 5327 - 7585 - 9
定价：32.00 元

本书中文简体字专有出版权归本社独家所有，非经本社同意不得转载、摘编或复制
如有质量问题，请与承印厂联系调换。 T:0510-86688678